कविता प्रसंग

सम्पादक

राहुल देव

redgrab
books

books

कविता प्रसंग (कविता संकलन)
संपादक - राहुल देव

प्रकाशक : रेडग्रैब बुक्स
942, मुट्ठीगंज, इलाहाबाद-3 उत्तर प्रदेश, भारत
वेबसाइट - www.redgrabbooks.com
ईमेल - contact@redgrabbooks.com

संस्करण : प्रथम, जनवरी 2018

ISBN : 978-93-87390-10-2
आवरण : श्री कम्प्यूटर्स, इलाहाबाद
टाइप सेटिंग : श्री कम्प्यूटर्स, इलाहाबाद

संपादकीय

आज के आपाधापी भरे समय में कविता की जरूरत क्या है? क्या कविता से क्रांति हो सकती है? प्रकाशक कहते हैं, कविता की किताबें बिकती नहीं हैं। आखिर कविता की आवश्यकता किसे है? कोई कवि क्योंकर कविता लिखता है? ऐसे न जाने कितने ही प्रश्न निरंतर समकालीन कविता से पूछे जाते रहे हैं। इस सम्बन्ध में युवा आलोचक सुबोध शुक्ल एक जगह लिखते हैं- *"कविता कोई आचार-संहिता नहीं है, जिसे एक अवांछित समाज में अभियोग-पत्र की तरह चला दिया जाय, या जिसे यह पेशेवर अधिकार मिल गया हो कि जीवन और यथार्थ के आरोपित अंतरालों की, सांस्कृतिक भरपाई करने की क्षमता उसे मिल गयी हो। वह मात्र अपने अर्जित देश-काल का लोक-विवेक है, जो जितना अकस्मात है, उतना ही पूर्व-निश्चित भी। विकास की तमाम आत्मविश्वस्त जिजीविषाओं और सौन्दर्य के निरंकुश संकल्पों के सत्तासीन दौर में, कविता पर भरोसा, प्रतिरोध की उस सहचर भाषा पर भरोसा है, जो हताश और सर्द पड़ती संवेदनाओं और जीवन-मूल्यों की बुनियादी संभावना का निर्माण करती है।"*

सुबोध के इस वक्तव्य से सहमत होते हुए कहा जा सकता है कि कविता की जरूरत इन्सान को हमेशा से रही है; यह स्वयं क्रांति भले न करे, लेकिन बदलाव में इसकी भूमिका से इंकार नही किया जा सकता। कविता की किताबें भी बिकती हैं, कविता के गंभीर पाठक आज भी हमारे समाज में मौजूद हैं। कविता दरअसल हमारे अन्दर के मनुष्य को मनुष्य बनाये रखने में हमारी भरसक सहायता करती है। कविता, अँधेरे में उजाला लाती है, कविता, शब्दों में जीवन को अर्थ देते हुए उसे और विस्तारित करती है, उदात्त बनाती है। हम कविता क्यों लिखना चाहते हैं? इसके दो कारण समझ में आते हैं... पहला स्वान्तः सुखाय के लिए, तो दूसरे सामाजिक बदलाव की आकांक्षा की पूर्ति के लिए। एक अच्छी कविता इन दोनों ही कारणों की अपनी तरह से पूर्ति करती है। कविता के दायित्व को निर्धारित करते हुए अमेरिकी कवि एड्रियन रिच ने कहा है कि, *"मैं नही जानती कि कविता का कोई सार्वभौम या असाधारण दायित्व है; यह एक महान सतत सृजन का मानवीय कर्म है, जो विभिन्न समयों तथा विभिन्न परिस्थितियों में गतिमान रहता*

है। इस समय में, जिसे हम 'अपना समय' कहते हैं, कवि, 'मिसइनफॉर्मेशन' और 'मैन्युफैक्चर्ड डिस्ट्रक्शन' के भँवरों से बचे। उसका यही दायित्व है कि वह इसकी जालसाजी न करे, एक झूठी मासूमियत का अभ्यास न करे; जो पड़ोस में या दूसरे शहर में हो रहा है, उसकी पर्दागिरी न करे। छिछले फार्मूलों को, एक आलसी अराजकतावाद को, और एक दमघोंटू आत्मिक सन्दर्भ को न माने। हमारा इसके अतिरिक्त दूसरा कोई दायित्व नही है, कि हम एक सम्मानजनक मनुष्य की तरह व्यवहार करें, दूसरों की ईमानदारी और भलमनसाहत, साहस और पारदर्शिता को एक व्यापक सामाजिक समन्वय में स्वीकार करें।''

प्रस्तुत कविता संकलन, अंजुमन प्रकाशन की महत्त्वाकांक्षी योजना, 'विधा प्रसंग' के अंतर्गत प्रकाशित होने वाले दस संकलनों में से एक है, जो कि कविता विधा का प्रतिनिधित्व करता है। हिंदी साहित्य के पाठकों तक कम मूल्य में स्तरीय साहित्य उपलब्ध करवाने के लिए इससे पहले भी इलाहाबाद के इस प्रकाशन संस्थान द्वारा, साहित्य सुलभ संस्करण की पुस्तकों जैसे तमाम प्रयास किये गए हैं, जिन्हें साहित्य जगत में पर्याप्त चर्चा और सराहना मिली है। 'कविता प्रसंग' भी उसी कड़ी का एक हिस्सा बनने जा रहा है।

एक संपादक के तौर पर मैं यह भी कहना चाहूँगा कि इस 'कविता प्रसंग' में चयनित कवियों का आधार, मात्र उनकी कविता रही है; इस प्रकार यह भी कहा जा सकता है कि इसमें शामिल कवियों में आज की कविता का आकार लेता चेहरा दिखाई देता है। इसके लिए रचनाएँ खुले रूप में आमंत्रित की गयी थीं, जिसमें बहुत सारे नए-पुराने कवियों ने अपनी रचनाएँ भेजीं, नही भी भेजीं। अतः जहाँ आपको इसमें एकदम नए नाम भी मिलेंगें, वहीँ यह भी हो सकता है कि कुछ स्वनामधन्य प्रचलित नाम आपको यहाँ न दिखाई दें। इन मायनों में देखा जाय तो यह चयन अलग भी है। बता दूँ कि इसके लिए मेरे पास कुल 98 प्रविष्टियाँ आयी थीं, जिनमें से 48 कवियों की कविताएँ प्रकाशन हेतु उपयुक्त पायी गयीं जो अब आपके सामने हैं। हाँ, हमारे इस आयोजन में तमाम ऐसे युवा कवि भी अपने पूरे रचनात्मक आवेग के साथ सामने आए, जैसे कि पहले शायद ही कभी आए हों। इससे यह भी पता चलता है कि समकालीन कविता, मात्र कुछ ही नामों के इर्द-गिर्द सीमित नही है, जैसा कि परिदृश्य, मीडियाकर लोगों ने पाठकों के समक्ष बना रखा है... बल्कि स्थिति कुछ और ही है।

इसे पढ़ते हुए आप पायेंगें कि कविता के इन स्वरों के पास अपनी बात

कहने के लिए बहुत कुछ है। अभिव्यक्ति की राह में आगे बढ़ते हुए वे सभी एकदम परिपक्व हो गए हैं, ऐसा मैं नही कहता। यह कवि आगे कितनी दूरी तय करेंगें, यह तो समय ही बतायेगा; लेकिन इस पुस्तक के माध्यम से देश के विभिन्न हिस्सों में कविता में अपना यथार्थ रच रहे इन कवियों का ऐसे कठिन समय में स्वागत होना ही चाहिए, ऐसा मेरा मानना है। इनके यहाँ विचार उद्वेलन भी हैं, और भावों की तीव्रता भी। इस कोशिश में भले ही कभी-कभी भाषा और शिल्प अनगढ़ भी रह जाता हो, लेकिन अगर आपके पास एक सशक्त कथ्य हो, तो यह बात उतनी महत्त्वपूर्ण नही रह जाती। मुझे विश्वास है कि इन्हें पढ़कर आप कविता में अपने समय का भाष्य पायेंगें; जीवन के तमाम रंग आपको यहाँ बिखरे मिलेंगे। एक सहज रचनात्मक बेचैनी, आकांक्षाएँ और चिंताएँ इनके केंद्र में हैं, जिसकी अपेक्षा किसी भी सहृदय कवि से की जानी चाहिए। खैर, मैं यहाँ सिर्फ इस संकलन की कुछेक विशेषताएँ रेखांकित भर कर रहा हूँ, कोई आलोचकीय विश्लेषण नही कर रहा, अतः अपने इन्हीं शब्दों के साथ हमारे इस आयोजन में शामिल हो रहे कवियों/कवयित्रियों के प्रति आभार सहित यह संकलन, मैं हिंदी कविता के पाठकों को सौंपता हूँ; आप स्वयं इन्हें पढ़ें, समझें और कुछ कहें यह मैं आप पर छोड़ता हूँ।

15/10/17

- राहुल देव
9/48 'साहित्य सदन'
कोतवाली मार्ग, महमूदाबाद (अवध)
सीतापुर, उ.प्र. 261203
मो. 09454112975
ईमेल - rahuldev.bly@gmail.com

अनुक्रम

अजय कुमार पाण्डेय

मोबाइल - 09425875128
ईमेल - ajaypandey117@gmail.com
पुस्तकें - दो कविता संग्रह, एक कहानी संग्रह तथा दो उपन्यास सहित कुल पाँच पुस्तकें प्रकाशित।
पता - बी-1/193, हिन्दुस्तान कॉपर लिमिटेड, मलांजखण्ड, जिला- बालाघाट (म.प्र.) 481116

षड्यन्त्र

आज फिर
सूरज नहीं निकला
चारों ओर छाई हैं
घनघोर काली घटाएँ
उमड़ घुमड़ कर अपनी
खुशियों का इज़हार करती हुईं।

आज फिर उन्होंने
सूरज पर विजय पाई है
उसकी किरणों को रोका है
ज़मीन तक आने से
या फिर शायद
चंद लोगों ने ही कैद कर रखा है
सूरज को अपने ड्राइंग रूम की चार दीवारी में

वे नहीं चाहते
सूरज की रोशनी सब को नसीब हो
उसकी रोशनी और गर्मी
समेट लेना चाहते हैं वे
सिर्फ़ अपने ही बँगले तक
इसीलिए

उन्होंने षड्यन्त्र बिछा रखा है

कई दिनों से
बस, सिर्फ काली घटाएँ ही
नज़र आती हैं आसमान पर
सूरज दिखाई नहीं देता
वह तो कैद है
कुछ रसूखदार लोगों के ड्राइंग रूम में।

पुण्यात्मा

मैं जानता हूँ तुम्हें
कितने पवित्र हो, इसका भी है ज्ञान मुझे
प्रेम की धारा प्रस्फुटित हो फैल रही है चारों ओर
अंधकार मिटाने ही आविर्भाव हुआ है तुम्हारा

कितनी उज्ज्वल थी तुम्हारी धवलता
स्वर्ग से ही उतर आया था व्यक्तित्व
फिर धरती पर बह चला सड़कों की तरह फैलता हुआ

यूँ ही मस्ती में चूर पारस हृदय लिए अपने गंतव्य की ओर
कितने ही लौह-हृदय मचल उठे थे तुम्हारे सान्निध्य में
तुम्हारा स्पर्श पा स्वर्णमय होने को

तुम आगे बढ़ते रहे
लोगों को पाप मुक्त कर उनकी गठरी अपने काँधों पर ढोते हुए
बिना यह विचार किए कि तुम्हारे एक स्पर्श मात्र से
उनकी आत्माएँ पवित्र हो जाती हैं और
वे पुनः पाप पर पाप किए चले जाते हैं
तुम्हारे हिस्से का पुण्य चुराकर

कभी आईने में अपना भी बिम्ब निहारो तुम

देखो! क्या से क्या हो गए हो?
वह देव तुल्य मूरत कैसी बदरंग दिखने लगी है
अब औरों के पापों को अपने ऊपर मत लादो
उन्हें अपने किए का भुगतान करने दो
तुम पवित्र थे, पवित्र बने रहो

मैं यह भी जानता हूँ तुम ऐसा नहीं कर सकते हो
तुम यदि उनकी गठरी नहीं उठाओगे तो
सारी धरती इसी के तले दबकर खत्म हो जाएगी एक दिन
इसीलिए तुम्हारा बोझ उठाकर चलना ज़रूरी है
भले ही कहीं दबकर खत्म हो जाओ तुम इसी बोझ के तले

दुनिया फिर भी ज़िन्दा रहेगी
कुछ दिन तुम्हारे गीत गाए जाएँगे
तुम्हारी हड्डियाँ गलाकर ब्रम्हास्त्र बनाए जाएँगे
फिर हाशिए में फेंक दिए जाओगे तुम एक दिन और
तैयार कर लिया जाएगा किसी और पुण्यात्मा को
जो चल सके उनके पापों की गठरी अपने काँधों पर टाँग कर।

आसान नहीं है पलायन कर जाना

उफ़!
ये इतनी घुटन
कितना संघर्ष
आसान नहीं है पलायन कर जाना

अस्तित्व में
बारूद भर दिया गया है गले तक
और चारों ओर खड़े हैं अपने ही लोग
हाथों में लिए माचिस की जलती तीलियाँ

आसान तो लगता है

भाग जाना परिस्थितियों से मुँह मोड़कर, मगर
आसान नहीं है पलायन कर जाना।

सच ही
कितना कठिन होता है अर्जुन की तरह
कृष्ण के हर उपदेश को मान लेना, और
उठा लेना शस्त्र उनके प्रति जो कभी
अपने थे / सम्मानित थे / या जिनके साथ गुजारे थे कभी
सुख-दुःख के अनेक दिन हँसते-खेलते

हाथ झुलसते हैं
सूरज को पीछे धकेलने की कोशिश में
वह भी अपनी ज़िद पर अड़ा है
परे झटक कर हाथ, बढ़ता ही जाता है
अपनी गति से / अपने रास्ते

बार-बार वैराग्य घेरने लगता है
मन को विरक्त करता हुआ
आसान नहीं है पलायन कर जाना

अहं की आग के शोले
आपस में मिलते / ज्वाला में बदलते
चले आ रहे हैं एक दूसरे को हवा देते / भड़काते इसी ओर
बारूद / आग / विस्फ़ोट / तबाही...
सब कुछ समाप्त!

नहीं! पलायन करना ही होगा
सब कुछ बचाने के लिए / सबके लिए, भले ही
आसान नहीं है पलायन कर जाना।

अनिल कुमार पाण्डेय

मोबाइल - 8528833317
ईमेल - anilpandey650@gmail.com
पुस्तकें - एक कविता संग्रह सहित आलोचना की चार किताबें
पता - हिंदी-विभाग, आर्ट्स ब्लॉक-2, पंजाब विश्वविद्यालय, चंडीगढ़, 160014

चलो कोई बात नहीं

कुछ हुआ नहीं शहर में इधर
जैसा कि संभावना थी बहुत कुछ होने की

बच्चे वैसे ही झगड़ रहे हैं
वैसे ही रो रहे हैं, लड़-भिड़ कर
बड़े-बुजुर्ग लोग व्यस्त हैं चर्चा में इधर
चाय की गर्मी और मौसम की तल्खी बताए जा रहे हैं

कुत्ते टहल रहे हैं
अपने उसी अंदाज में सड़कों पर
साँड़ उसी रौ में घूम रहे हैं सीना चौड़ा किए गलियों में
बैल सानी-पानी के इंतज़ार में पघुराए जा रहे हैं

दुही जा चुकी हैं गायें
रोटी की तलाश में निकल चुकी हैं सड़कों पर
भीड़-भाड़ में व्यस्त लोग निहार रहे हैं उसके थन
थकावट महसूसते पसर गई हैं एक कोने में

शाम को आसार थे बारिश होगी बहुत
मेढक उतर आए थे अपना सुख ढूँढ़ते
परिवेश में हवा का रुख समझ

मौसम की बेरुखी में निराश हो होकर भागे जा रहे हैं
गौरैया उदास है अधिक
अनाज पछोरा नहीं गया सूप से आज किसी घर
घर के मुहारे नहीं रखा गया कहीं पानी का कोसा
कौवे भूल गये हैं काँव काँव करना, लोग सोए जा रहे हैं

इधर शोरगुल धर-पकड़ के बीच
संभावना शांति की दिखाई दे रही है फिलहाल
दिमाग ने बंद कर दिया है काम करना
कविता की शक्ल में हादसे बनाए जा रहे हैं

सब दुखी हैं सभी कहीं सब ख़ुशी हैं
सुख-दुःख के समीकरण बिठाए जा रहे हैं
उदास है शाम आज के लिए कवियों की इधर
चलो कोई बात नहीं फिर भी गाये जा रहे हैं।

दिन लद गये तुम्हारे कोयल

देखो! छोड़ दो सब
और इधर बैठ जाओ चुप होकर
जगह नहीं मिलेगा छिपने के लिए
या तो चले जाओ अभी से मोह त्याग
परिवेश-परिधि से दूर बहुत दूर निकलकर

शकल पहले भी नहीं इतनी सुंदर
उलटे भीनी मधुर आवाज नहीं भाती किसी को
काँव काँव के हिमायती लोग खदेड़ ही दिये थे तुम्हें
ये तो कवि कुल परंपरा थी कर दिए थे बखान कूक की
नहीं तो पहले भी कहाँ सुनते थे तुम्हें किसे होती थी फुरसत

सुनो! रात को चिल्लाना छोड़ दो
दुपहरिया खराब करने की आदत से बाज आओ

सोने दो नींद वालों को नहीं तो ठप्पा लगेगा शोषक का
तहरीर दे देंगे तुम्हारे खिलाफ बच्चों की भावनाओं से खेलने का
बीमार बूढ़ों को परेशान करने और जवानों को ब्लैकमेल करने का

वह दिन गया सुनकर तुम्हें याद आए
वियोगी अब तड़पा नहीं करते, रहते हैं संयोग में
संदेशों के माध्यम बदल गये हैं इधर कई कई सालों से
प्रिय-प्रियाएँ भी व्यस्त हैं नई सदी के तकनीकी प्रयोग में
नहीं सुनाई देता गाँव में घूम रहा है कोई बेचैन हो प्रेम-रोग में

दिन लद गये तुम्हारे कोयल
गाँव नगर ये महानगर भ्रम हो गये हैं सब
कवि लेखक कलाकार सब भूलकर हो गये हैं विदूषक
शहनाई बाँसुरी सितार बन गये हैं सदी के सबसे बड़े प्रदूषक
उठो और देखो कोई और नगर नहीं तो
बाद में रोओगे बिलखकर।

वह सिखाती है

वह सिखाती है
जीवन जीने के लक्षण
बताती है तरीके सलीके से
ढली होती है हर परिभाषा में
ढालना किस स्थिति में, वह जानती है

वह जानती है
दाल में नमक का समीकरण
हल्दी का समन्वय
पानी की मर्यादा
बताती है वह आग की औकात

वह मानती है

किसी एक की कमी
सौंदर्य की खनक में डालती है खलल
किरकिरी होती है भरी सभा में
हाथ की कारीगरी पर हँसते हैं लोग

वह जानती है
हँसते हैं वही जिन्हें समझ नहीं होती
आग की आँच चूल्हे की तपिश
रसोई की मर्यादा की सनद नहीं होती
होती तो सीखते सौन्दर्यानुपात के गुण

यह भी उसे पता है
कैसे खुश रखना है सबको
घर से लेकर बाहर तक
जर से लेकर जमीन तक
जानवर से लेकर जीवन तक

अफ़सोस है उसे
नहीं बुलाता कभी कोई
कि अपना अनुभव वह किसी को बताए
कि चुनाव करे किसी योग्य की योग्यता का
कि सिखाए समाज को जीवन का सौंदर्य

जैसे पता होता है उसे
गुण-अवगुण योग्यता से नहीं
आँके जाते हैं चमक-दमक से
वह नहीं जो ईश्वर से मिलती है
वह, जो बाजार में सरेआम बिकती है।

अनिल मिश्रा 'गुरूजी'

मोबाइल - 09335556115
प्रकाशित पुस्तक- 'चौराहे पर' (नुक्कड़ नाटकों का संग्रह)
पता - 101, मिल रोड, मवैया, लखनऊ

हिजड़े

हिजड़ों की परम्परा
अब दिखायी नहीं पड़ती
किसी भी चौराहे पर
या किसी नुक्कड़ पर
जिस्म को रोटी के लिए
रात की हवस में
खड़े दिखायी पड़ जायेंगे
अर्थ व्यवस्था के मूल्यों में
आदमी को रोटी चाहिए
तरीके कुछ हो
नज़र पैनी हो
रोटी के वास्ते
रास्ते निकल ही आयेंगे
इन्हीं रास्तों पर
हिजड़ों की लम्बी जमात
दिन की कालिख से दूर
रात के उजाले में
हसीन ख्वाबों के साथ
आशिक की निगाहों में
या फिर
प्यास बुझाने को आतुर

नौजवान या बूढ़े
इन्हें साथ ले जाएँगे
और चन्द सिक्कों में
जिस्म का सौदा कर डालेंगे
ऐसा नहीं है
सेक्स की प्यास
हिजड़ों में नहीं होती
फ़र्क इतना होता है
हिजड़े
बच्चे पैदा नहीं कर सकते
आनन्द की अनुभूति
जिस्म की मिठास
आकर्षण का जादू
सभी कुछ तो है इनमें
लेकिन
परम्परा गायब है
शादी का मौका हो
या बच्चों का जनम
त्योहार हों
या फिर ख़ुशी का मौका
इनकी मौजूदगी
चार चाँद लगा देती थी
नाच गाने की कला
और अदाओं का रणकौशल
बस देखते ही बनता था
अब कोई नहीं आता है
क्योंकि
रस्म और परम्परा
आधुनिक सभ्यता में
हिजड़ों से चलकर
पाश्चात्य संगीत में

एक मील का पत्थर
साबित हो रही है
और हिजड़े
परम्परा से हटकर
आज वही कर रहे हैं
जो उनकी
संस्कृति और सभ्यता को
नष्ट कर रहा है
आज
कुछ तो हिजड़े
शादीशुदा हो गये हैं
कुछ दुकानें चला रहे हैं
कुछ तस्करी कर रहे हैं
और शेष
काम की भूखी
एक बड़ी आबादी को
वासनाओं की तृप्ति से
सराबोर कर रहे हैं
परिवर्तन
मूल्यों और आदर्शों पर टिकी
वह धुरी है
जो चलती रहती है
फिर भी
परम्परा कभी नष्ट नहीं होती।

मूल्य

मूल्य की अपनी परिभाषा होती है
और जब मूल्य
परिभाषाओं से अलग हटकर

अपने गढ़े हुए मूल्यों पर चलने लगते हैं
तो मूल्यों में गिरावट आती है
भाषा लहूलुहान होती है
और मूल्य
व्यक्ति के केन्द्र से टकरा जाते हैं
मूल्यों का दोहन
उसका ह्रास
और वास्तविक मूल्यांकन
तब देखा जा सकता है
जब व्यक्ति यह कहता है
मूल्य क्या है
यह मुझे मालूम है
एकाकीपन के तहखाने में
कैद हो जाना
मित्रों और शुभचिंतकों पर कुठाराघात करना
साथ गुजरे पल
साल दर साल
और उसे किनारे फेंक देना
और यह कहना
रिश्ते और मूल्य
मायने नहीं रखते
मायने रखता है
जीने का तरीका
और यह तरीका
घर से पूँजी तक
और पूँजी से
घर तक जाता है।

अमन चाँदपुरी

मोबाइल - 09721869421
ईमेल - kaviamanchandpuri@gmail.com
पता - ग्राम व पोस्ट- चाँदपुर, तहसील- टाँडा,
जिला-अम्बेडकर नगर, उ.प्र. - 224230

मैं नास्तिक हूँ

ख़ुदा
मुझे पता है
तू सब कुछ कर सकता है
फिर भी
कुछ तो है
जो तू नहीं कर सकता

तू भी मेरी तरह है
जो सोचता है
वही करता है
फिर भी
कुछ न कुछ बाकी रह जाता है
जैसे
मुझसे भी काफी कुछ छूट जाता है

मैं समझता था
तू अन्जान है
लेकिन
तू जानबूझकर
अन्जान बनता है

तुझे मेरा खुशी और ग़म

दिखाई तो देता है
मगर
तू मुँह फेर लेता है
तुझे मेरी चीखें
सुनाई तो देती हैं
मगर
तू कान बन्द कर लेता है

तुझे सब ख़बर रहती है
कि मुझ पे
कैसे-कैसे ज़ुल्मों-सितम ढाया जा रहा है

मगर
तू भी मजबूर है
तूने भी
दुनियादारी सीख ली है
तू भी
मतलबी हो चुका है
मैं तुझ पे विश्वास नहीं करता हूँ
अपना काम तेरे भरोसे नहीं छोड़ता हूँ
मस्जिद और दरगाह नहीं जाता हूँ
तो फिर
तू ही भला
मेरा क्यों ध्यान दे

मैं छाती ठोंककर कहता हूँ
'मैं नास्तिक हूँ'

मगर
अब तू बता
तू क्या है
जो मुझे इस मतलबी दुनिया में
अकेला छोड़कर चला गया
मुझे तो लगता है

तू मतलबी है
तूने मुझे औरों की भाँति
अपना सजदा करने के लिए
जमीं पे भेजा था न

मगर
तू सुन ले
मैं ऐसा नहीं करूँगा
मैं मेहनतकश इंसान हूँ
मैं तेरे भरोसे नहीं जिऊँगा

जलकुंभी

जलकुंभी
तालाब में बह आयी
हाय रे
किसी ने देखा नहीं
देखा भी तो
निकाला नहीं
वह फैलती ही गई
एक नाबालिग जलकुंभी
पहले माँ बनी
फिर दादी
फिर पर दादी
और भी रिश्ते जुड़ते गये
तलाब का सारा बदन
पूरी तरह से
ढक गया
जलकुंभी ने
तालाब को
कस के जकड़ लिया है
और फैलती ही जा रही है

अब चिड़ियों का जल-पात्र
जलकुंभी से छिपता जा रहा है
विशाल तालाब का अस्तित्व
अब मिटा जा रहा है
अब वह (तालाब) चिड़ियों को
हरे-भरे खेत-सा मालूम होता है
और बेचारी चिड़िया
दिन भर प्यासी
मारी-मारी फिर रही
अपना जलपात्र
ढूँढ़ रही हैं
दौड़-दौड़ कर
उसी तरफ जा रही
जहाँ
अब खेत है
तालाब
अब खेत बन चुका है!

आदमी की फ़ितरत

मेरे बदन से
तू लिपट तो गया है
इश्क का फरेबी जाल गूँथकर
अज़ीज दिलबर की तरह
मगर मुझे पता है
कि कुछ वक़्त गुज़रने पर
तू वैसे ही मुझको खुद से अलग कर देगा

जैसे सफ़र से वापसी के बाद
कोई अपना लिबास उतारकर
फेंक देता है बिस्तर पर
या फिर टाँग देता है खूँटी पर।

अर्पण कुमार

मोबाइल - 9413396755
ईमेल - arpankumarr@gmail.com
पुस्तकें - दो काव्य संग्रह और एक उपन्यास प्रकाशित।
पता - C/O श्री पी.सी.वी. प्रभाकर राव, गृह संख्या : 1 एवं 2, बी.डी. कॉम्पलेक्स, तिफरा, बिलासपुर, छत्तीसगढ़ 495004

बोझ

सुनता आया हूँ
बचपन से
अपना बोझ स्वयं उठाओ
और तब से
कहीं गहरे अवचेतन में
बैठा हुआ है यह शब्द
कुंडली मारे हुए

सोचता हूँ
सुनने और सहने में
कितना अंतर होता है!
और कुछ शब्द
सचमुच कितने वज़नी होते हैं!
एक बार ज़ेहन और ज़िंदगी में
आ जाएँ
तो जाने का नाम नहीं लेते

उठाते हुए कई-कई बोझ
अब तो कंधों ने भी
उचकना छोड़ दिया है

और कुछ दोस्ती-सी हो गई है
इस शब्द से भी

और शायद तभी
बोझ
हल्के लगने लगे हैं इन दिनों।

नो मेन्स लैंड

थोड़ा कम इंसान होना
शैतान होना है
थोड़ा अधिक इंसान होना
देवता होना
शैतान और देवता दोनों
हमारे भीतर हैं
एक-दूसरे से अभिन्न और
एक-दूसरे के पड़ोसी
जैसे हमारे फेफड़े

हमारे भीतर
जीती जागती
एक साबुत दुनिया होती है
जब तब होते रहते हैं
जिसके दो फाँक
शैतान और देवता
बसाते हैं जिनमें
अपने-अपने देश
अपनी सहूलियतों के हिसाब से

शैतानों और देवताओं के
इन दो देशों के बीच
नो मेन्स लैंड है

जिसकी बंज़र ज़मीन पर
इंसानियत की हरी घासें
जहाँ-तहाँ उगी हुई हैं

कितना सुकूनदायक है
उन हरी घासों के बीच बैठना
मगर कितना ज़रूरी है
इसके लिए
अपनी सीमाओं से
बाहर आना।

यह जो माँ होती है

पति की ख़ातिर बच्चों से
बच्चों की ख़ातिर पति से
जो हरदम ताने सुनती है
इसको उसको गुनती है
जो ख़ुद कुछ नहीं कहती है
बिना कहे फ़िर भी
जो सब कुछ व्यक्त कर जाती है
वह माँ होती है

भोर में विभोर हो
जो बिस्तर छोड़ देती है
देर रात तक खटती
जो सूरज की हिम्मत
तोड़ देती है
वह माँ होती है,
घर के दरवाज़े से ही
जो किसी अनहोनी को
मोड़ देती है,
ममता के हाथों

वशीभूत हो
जो दोनों मुट्ठी
खोल देती है
वह माँ होती है

श्रम के गृह-शिविर में जो
चहुँ ओर होती है
हर बच्चे की ज़ुबान पर
जो 'वन्स मोर' होती है
वह माँ होती है

जिसके आँचल की
छाया लेने
नारायण स्वयं शिशु
बन जाता है
लीलाधारी की लीला
जिसके आगे
ख़ुद छोटी पड़ जाती है
वह माँ होती है

फ़िर यह कैसी
विष बयार बहती है
माँ अगले जन्म
खुद लड़की नहीं
बनना चाहती है
हर हाल में टिकी रहती माँ
फिर यहाँ कैसे हार जाती है

यह जो माँ होती है
वह इतनी कैसे
मज़बूर हो जाती है
यह जो माँ होती है
क्या कहने भर को
माँ होती है!

डॉ. आरती स्मित

मोबाइल - 8376836119
ईमेल - dr.artismit@gmail.com
पुस्तकें - विभिन्न विधाओं में आधा दर्जन से अधिक पुस्तकों का प्रकाशन।
सम्पर्क - डी 136, गली न. 5, गणेशनगर
पांडवनगर कॉम्प्लेक्स, दिल्ली- 92

गौरैया

मेरे मक़ान की
तंग बालकोनी में
वर्षों बाद
गूँजी गौरये की चहचहाहट
लगा,
माँ ने सँदेसा भिजवाया है
कि, आँगन की सखी से
फिर जोड़ लूँ वही रिश्ता
बचा लूँ विलुप्त संवेदनाएँ

मैंने चावल के दाने बिखेरे हैं
गौरैया चुग रही है
चोंच डाल रही है
पानी भरे कटोरे में
सँजो रही है
घर-आँगन का रिश्ता
कंक्रीट के शहर में

गौरैया उड़ चली है
शायद,
माँ से कहने

कि बेटी भूली नहीं है अब तक
आँगन से रिश्ता
आँगन में रोपे तुम्हारे संस्कार!

दीपावली की शाम

दीपावली की शाम
दूरतलक रोशनियों में डूबी
भवन और इमारतें
पास-पड़ोस गूँजती किलकारियाँ
सजती पूजा की थाल

निकट, वृद्धाश्रम में
घर से बेघर
स्वजनों से दूर
शून्य में टँगी आँखें
और हाथ में पुरानी तस्वीर
विहँसते परिवार की
दो बूँदें ठिठकी हुईं
ढुलकने को आतुर!
एक इंच मुस्कान का लिहाफ़
ओढ़े होंठ
और दिलासा भरा
टिमटिमाता दीपक
ये भी मेरे अपने हैं
ये ही मेरे अपने हैं
मेरे ही जैसे
आधुनिक परिवारों के बोझ

अब यही घर हमारा
यहाँ हमारी मित्र-मंडली
यहाँ चलता हमारा ज़ोर

यहाँ खिलतीं फुलझरियाँ छूटते पटाखे
बाल मन मचाता शोर
सभ्यता के नए लिबास में
वानप्रस्थ का आधुनिक प्रारूप

रोशनी की नई दुनिया में
जाने आज अँधेरा क्यों है
ओह!
हमारा मोहग्रस्त मन
अतीत के पिंजड़े में क़ैद
छटपटाता है
जाने किस मुक्ति के लिए?

ठूँठ

मैं हूँ ठूँठ
निष्पत्र-शुष्क
प्राणरस से रहित
अब नहीं बनते घोंसले
शाखों पर
नहीं लगते चौपाल
छाया में
न ही पंचों के फैसले होते

अब सुहागिनें नहीं आतीं
मेरे फेरे लेने
न ही बच्चों की टोली
झूलती मेरी बाँहें पकड़कर

धुंध ज्योति लिए
नज़रें ढूँढ़ती हैं
वो पुराने राहगीर

जिन्हें वर्षों दी थी छाया
उलीचती हैं स्मृतियाँ
कि कहीं कोई पुराना रिश्ता
राख की ढेर में
दबकर भी जीवंत हो
और मुझसे आकर कहे,
मैं जानता साम्राज्य तुम्हारा
देखी तुम्हारी दया
देखा तुम्हारा सौहार्द्र
आज भी
तुम्हारी जड़ें
समृद्धि के गीत सुनाती हैं

जीर्ण-शीर्ण मेरी शिराएँ
मुँह ताकती भविष्य का
कृत्रिम रंगों से सजकर
वह कलाकृति बनेगी
या उखाड़ दी जाएगी
जड़ समेत
किसी वृद्धाश्रम में रखने के लिए।

आराधना सुमन

मोबाइल - 09199264289
ईमेल - aradhana.singh82@gmail.com
पता - सेक्टर-7, ब्लाक-7, फ्लैट नंबर-9, एचआईजी
कॉलोनी, हनुमान नगर, पटना

बुद्धत्व की माँग

क्या लगता है तुम्हे
छलकती नदी
यूँ जब गिरती हो पहाड़ के आगोश में
सूरज को गोद मे लिए क्यों घूरती हो मुझे
किरणों की बिसात पर बुनती हो याद समंदर
बताओ न डरती हो क्यों मुझसे?

सपने बुनती हूँ मैं
एहसासों से बाँधकर बहा दूँगी
रेत की ज़मी पर
उजले उफनते झाग में
दर्द के नमक छानकर
हाँ मैं बाँधकर ले जाऊँगी मन के समंदर में

मगर तुमने भी तो निर्वाण में यही माँगा था
बुद्धत्व के नाम पर
बूँद भर छलकना
नींद भर सपने
फूल भर हँसी

जीवित है जीवन

पाँव महावर, पायल छम छम
रंगों के संगीत पर थिरकते पाँव
ज़मीन कुरेदते अँगूठे
खाली उँगलियों से लिखे
कुछ नाम...

जिंदगी की स्याही खत्म हो
इससे पहले एक दस्तावेज लिखते हैं

दूसरों के पाप लिखकर
खुद का प्रायश्चित नहीं होता

आत्मिक विकास की यात्रा
अंतहीन होकर भी
स्वयं के कर्मों पर खत्म होती है
दूसरों के बुरे भले कर्म एक योगदान

मौसम के साथ लोग भी बदलेंगे
धोखे के साथ भरोसा भी सहमेगा
उम्मीद के साथ बेबसी भी होगी

मुस्कुराहट गिरवी हो
आँखें समंदर हो
जिस्म में हरकत न हो
यूँ भी एक मौत होती है
कुछ मरता है भीतर दफन होता है जीवाश्म
जन्म लेती है क्षणिक तटस्थता
जिस मरीचिका की तलाश में
जीवित है जीवन

गाँव के पाँव

गाँव से शहर की ओर दौड़ती लड़कियाँ
चाँद छोड़ बिजली के बल्ब से
प्यार करती
वो छुईमुई सी नाजुक दिखती
काँटों सी तेज बातें करती
हवाओं सी सरसराहट सी
वो हँसी तब भी
जब छोटी सी बात हुई
वो रोई भी छोटी सी बात पर

कॉलेज के चक्कर भी नही लगाएँ
बस विवाह के लिए स्कूल पास किया था
रोटी भी गोल नहीं बेली
क्योंकि लाड़ली थी माँ की

पति उम्रदराज है
उसके पास ख्वाब भी नहीं
चूड़ी बिंदी गहने प्रिय
और शहर की जिंदगी का लालच

गाँव की उस मीठी हवा को
बंद कमरे और किचन की हवाओं में
उमड़ती घुमड़ती है
मार खाकर खाना पकाती स्त्रियों का
मनोविज्ञान भी नहीं होता
कोई भगवान भी नहीं होता

स्त्री मनोविज्ञान

महिला मनोविज्ञान
अधूरा रहता है
सीता को समझो तो राधा अधूरी
राधा समझ आई तो
अहिल्या अनसुलझी
मीरा की धुन
सावित्री का शगुन
सब आधे अधूरे काव्य की कड़ी
जहाँ मनोविज्ञान हथियार डाल
शास्त्र को याद करता है
त्रिया चरित्र समझ से परे
दरअसल
समझ की कमी नही होती
स्त्रियों संग ढलने की क्षमता
पुरुषों की नही होती
आकर्षण लगाव देह की परिधि
खींचती जरूर है उन्हें स्त्री की और
मगर वो पतंग और ये डोर
जरा मुश्किल है मगर

डोर ने अगर जरा सा सँभाल लिया
पतंग आसमां चूमती है
बस बारी बारी से डोर
बनते रहे दोनों
उलझते ..गिरते ..टूटते.. बिखरते ..बनते..

आलम आज़ाद

मोबाइल - 9453660078
ईमेल - alamazad9200@gmail.com
पता - श्रीनाथपुर, प्रतापगढ़ (उ0प्र0)

मज़दूरन

वे काटती हैं गेहूँ
सटकती हैं धान
जोतती हैं,
ज़मींदार के बटाई के खेत
तिहाये पर थापती हैं गोबर
चौथाई पर बीनती हैं महुआ
और जब नहीं मिलता कोई काम
पाथ आती हैं,
ईंट भट्ठे पर कुछ ईंट
कुछ रुपयों के एवज़ में

ये उदास नहीं बैठतीं
इमारतों वाली स्त्रियों की तरह
नहीं लड़तीं अपने मरद से
नौलखे हार के लिए,
ये अपनी मेहनत की
पाई-पाई में से बचाकर
गढ़वा लेती हैं
स्वयं के लिए
बिछुवा, नथुनी, करधन
इत्यादि गहने भी

ये खाना बनाने के लिए
चुनती हैं छोटी-छोटी लकड़ियाँ
ये ख़ुश हो लेती हैं,
गाकर कोई देहाती गीत
ये हँसकर बर्दाश्त भी कर जाती हैं
हँसी ठट्ठा
हर एक मज़ाक
और ललचाये नेत्रों के वार,
ये काम करते हुए
भूल जाती हैं अक्सर
अपना स्त्रीत्व

अक्सर सरक जाता है
सर से पल्लू
इनकी छाती से आँचल
काम करते वक़्त
जब कोई सज्जन
खँखारता है देखकर इन्हें
या ये स्वयं सुनती हैं
कोई पदचाप,
साहस चौंक जाती हैं ये

पता नहीं होती भी है या नहीं
कोई सपनों की दुनिया
कोई अभिलाषा
कोई इच्छा
कोई लालसा
इन मजदूरिनों की आँखों में
पता नहीं होते भी हैं या नहीं
रंगमहल के कोई सपने
झूमर झालर से भरी
किसी छत की इच्छा,
सजी हुई आलमारियों की लालसा
या तह दर तह सजी

चमचमाती साड़ियों की ख़्वाहिश

इनकी काठ की सन्दूक में
नहीं मिलती कोई डायरी
कोई प्रेमपत्र,
या फिर प्रियतम का
कोई चित्र
या बहुत सहेजकर रखा हुआ
बच्चे का 'जन्म प्रमाण पत्र'
इनकी सन्दूक में मिलते हैं
घुंची के लाल दाने
मूँगे की कुछ मोतियाँ
कुछ सीप
कुछ घोंघे
और बहुत सँभालकर रखी हुई
सिन्दूर की छोटी सी डिबिया!

इच्छाओं के रोयें

आसमान पर,
उग आये अनगिनत
गर्म सितारों की तरह,
वनों के वक्षस्थल पर
उग आईं
सघन वनस्पतियों की तरह
या फिर
शुष्क नदी के शरीर से
लिपटे हुए
असंख्य रेत कणों की तरह
पनप रहे हैं रोयें (इच्छाओं के)
मेरी प्रतिष्ठित शरीर पर
मैं छिदा जा रहा हूँ

मेरा बदलता जा रहा है हाव-भाव
साँस लेने का ढंग
साँस छोड़ने का ढंग
ऐसा लगता है मुझे
मैं बहुत विकसित हो रहा हूँ
इस द्वन्द्व में-
अपने दुखों से
कर रहा हूँ
संवाद करने की कोशिश
मैं लगातार प्रयासरत हूँ
न टूटने पाये
मेरी स्वयं से सहमति
न घुटने पाये मेरी चेतना
मैं ढो सकूँ
लाद दिए हैं वक़्त ने जो
मेरी हलन्त जैसी पीठ पर
लमहों, क्षणों से ठूँस-ठूँसकर
भरे बोरे-
मैं कर सकूँ आयोजन
सुनाने का,
पीड़ा का सम्पूर्ण वृतान्त
अनुपस्थित प्रतीकों के माध्यम से
फिर से करा सकूँ मुलाक़ात
अजनबी बनते रिश्तों से
और मैं
प्रयत्नशील हूँ अपने घर में
अपनत्व भाव से घुसने के लिए!

ओम नागर

मोबाइल - 9460677638
ईमेल - omnagaretv@gmail.com
पुस्तकें - हिंदी, राजस्थानी और अनुवाद की दस पुस्तकें
पता -3ए 26, महावीर नगर तृतीय,
कोटा-324005, राजस्थान

जल जीवन की कविताएँ

1

चुल्लू भर
डूबने के लिए

ओक भर
प्यास के लिए

अँजुरी भर
किसी के कमंडल में
विध्वंस के लिए

यहाँ तो
आँख भर बचा है
जिस में डबडबाता हैं
काला हीरा।

2

धूप सूखकर
काँटा हुई

हवा सूखकर
हुई प्यास

पानी सूखकर
धरती

धरती सूख कर
हो गई आकाश

बादल पसीज़ कर
पानी न हुआ।

3

जहाँ नहीं पानी की
एक बूँद
वहाँ एक तालाब था कभी

जहाँ नहीं दिख रही
मुट्ठी भर रेत
वहाँ बहती थी एक नदी

जहाँ नहीं बचा हैं
एक भी पेड़
वहाँ जंगल था घना

जहाँ खड़ी दिख रही है
बहुमंजिला इमारत
वहाँ दबा पड़ा है एक तालाब
नदी की रेत
जंगल वाला पेड़।

4

तपता हुआ दिन
पेड़ खजूर का

जहाँ जा बैठा पानी इन दिनों
छाँव है जितनी
उतनी ही दूर है फल।

5

पीतल की चरी में
भरा टँगा है जो बरसों से
घर की खूँटी पर
गंगाजल

जिसके आचमन को
लगी जनार होगी कितनी लम्बी
कितनी छोटी
जल बिन
किसने देखी जीवन की पीठ।

6

सबसे कर्कश
नल से पानी की बूँदों का टपकना

सबसे मनोरम
ऊँचे पहाड़ से नीचे गिरता हुआ झरना

सबसे सुंदर
कल-कल बहना लगता एक नदी का

सबसे दुर्गम
प्यास लिए सीढ़ियाँ चढ़ना कुएँ की

सबसे आसान
जो पानी के सिवा होगा।

7

एक कुआँ है
गाँव के बाहर / बड़ा-सा डस्टबिन

जिसकी दीवारों में उग आए
पीपल
लटके हैं औंधे मुँह

जरा-सी आहट
कि एक जोड़ी कबूतर
दुबक जाते हैं कुएँ की कोह में

पनघट है कुएँ की
रस्सियों के निशां भी जस के तस
पनिहारिन भी नहीं आती
गंगा-चरी पूजन तो अब हुई
गुजरे समय की बात

सब हैं कुएँ में
कुएँ के आस-पास
लेकिन उसके पेंद में पानी नहीं है
इसीलिए तो चहचहाती जिंदगानी नहीं हैं।

कीर्ति श्रीवास्तव

मोबाइल - 07415999621
ईमेल - kirtishrivastava06@gmail.com
पुस्तकें - विभिन्न विधाओं में चार किताबें प्रकाशित।
पता - 242, सर्वधर्म कालोनी, सी-सेक्टर, कोलार रोड, भोपाल-462042 (म.प्र.)

सरगम

झरोखे से देखती
रिमझिम बारिश की बूँदों को
सावन की वो पहली बारिश
भिगो गई मेरे मन को
और याद दिला गई
उस सावन को
जब साजन के आने की
राह ताकती थी मैं

पीहर के द्वार पर
छोड़ गए थे जो
उदर में पल रहे
एक बीज के साथ
चंद नोटों की खातिर
कुछ निर्जीव वस्तुओं के लिए
दहेज के नाम पर

छीन लिए मेरे सभी सपने
मेरे मन के तारों को
तोड़ गए
पर आज उदास नही हूँ
न ही मायूस हूँ

क्योंकि
वह बीज सरगम बन
मेरे जीवन के
सात सुरों को छेड़ रही है
और गा रही है
सावन का गीत
जिसमें साजन तो नहीं
पर मेरी उम्मीदें
मेरी आशाएँ
मेरे सपने
सब समाए हुए हैं।

प्यार की परिभाषा

उस दिन जब
तुमने थामा था हाथ मेरा
खुशी की सीमा
न थी मेरी

मैंने ही सिखाई तुम्हें
प्यार की यह परिभाषा
कि प्यार जीवन भर
साथ निभाने का नाम है
जानते ही उस अहसास को
तुम छोड़ मेरा हाथ
आगे निकल गये

जान नहीं पायी और
पहचान भी नहीं पायी
तेरी बदली हुई उस
प्यार की परिभाषा को
बिना प्रश्न किये

उत्तर की तलाश में
तेरे पीछे आज तक बस
उस उम्मीद से चलती जा रही हूँ

कि जब बदलेगा कोई
तेरी बनाई प्यार की परिभाषा को
तो तेरे कदम थमेंगे जरूर
और मैं चलते-चलते
तेरी हमकदम बन तेरे सँग
खड़ी होऊँगी और निभाऊँगी
अपनी प्यार की परिभाषा को

एक नये सफर पर

धूप ने आज दस्तक दी
तो देहरी चमक उठी
कुछ शांत हुआ मन
उस हल्की
सुनहरी चमक से

सपने भी जाग गये
तूफान भी थम गया
मन का सागर आज
ठहर सा गया
तब जाना
इंतजार था जिसका
वो आज धूप की
सुनहरी चादर ओढ़
मेरे द्वारे आया है

आज फिर मैं जी उठी
नजरों से नजरें मिला सकी

आज रास्ता चुन लिया
मंजिल का भी पता चल गया
और बस चल दी
उस पगडंडी पर

जहाँ इंतजार कर रहा था
एक सपना
जहाँ बना सकूँ मैं
अपनी पहचान
और मैं चल पड़ी
उस सुनहरी चादर सँग
एक नये सफर पर।

कृष्ण सुकुमार

मोबाइल - 9917888819
ईमेल -kktyagi.1954@gmail.com
पुस्तकें - विभिन्न विधाओं में आधा दर्जन से अधिक पुस्तकें
पता - ए0एच0ई0सी0, आई.आई.टी. रुड़की,
रुड़की-247667 (उत्तराखण्ड)

1

बहुत दिनों बाद अचानक
मिल गयी एक दिन
आवाज़ों के बीच कंपन करते क्षणों में से
तुम्हारी खोयी हुई प्रतीक्षाएँ

शायद समुद्र की लहरों में
बिखरी मेरी आँखों को
बिन बिन कर इकट्ठा कर सको
तो माँग लूँगा
सविनय तुमसे

उन आहटों में कोई स्वप्न
अभी भी ले रहा है श्वास

आहटें और प्रतीक्षाएँ मरतीं नहीं
श्वास रोके धड़कती रहती हैं

मरते हुए स्वप्न बिखरी हुई आँखों के साथ बह जाते हैं

रख सको तो सहेजकर प्रतीक्षाओं में
मेरी आँखें रख जाना

मैं महसूस करना चाहता हूँ
तुम्हारा आना!

2

कि मैं
छू लूँ एक बार तुम्हें
जैसे दृश्य को मन

बैठूँ समीप तुम्हारे सटकर
जैसे उजाले से साया
सुनूँ तुम्हारी आवाज़
जैसे निःशब्दता में कोई अनाहत नाद
देखूँ तुम्हें
जैसे स्वप्न को अवचेतन

न तुम बोलो
न मैं
चुप्पियाँ टूटें कि न हो ध्वनि
न रह जाये मौन
खुल जायें कि न हों स्वतंत्र
न रह जायें बंधन

खिंच जाऊँ मैं
तुम भी जैसे इंद्रधनुष
पसर जाओ तुम
मैं भी जैसे घनी धुंध
बिखर जायें हम
जैसे रेत पर ओस कण
उठें कि
जैसे हूक छाती से!

3

मैंने छू तो लिया उसे
क्योंकि छुआ जा सकता था उसे
उस तक पहुँचना लेकिन मुश्किल था

अटकी हुई है
उसकी गंध निरंतर
मेरे इर्द-गिर्द भटकती हवाओं में

उलझे हुए हैं
मेरी आती जाती साँसों में
अभी तक उसके स्पर्श

बचे हुए हैं
उसके छोड़े हुए लमहे अब भी
प्रतीक्षा की अँकुरायी नमी में

टँगी रहती है
उसकी स्मृति
सपनों के फ्रेम में जड़ी हुई
मेरी नींदों में आजकल

उलझी हुई डोर का
कोई एक सिरा पकड़े हुए
उस तक पहुँचने की भरसक कोशिश में
पेचदार हवाओं में उड़ता फिरा
मैं रात भर
रास्ते सपाट ही थे
किंतु वे इन्हीं धागों से होकर बढ़ते थे
कुछ चीज़ें
हम खो देते हैं उन्हें बचाने की कोशिश में!

4

मुझ से पूछी गयी प्रेम की परिभाषा
तो आना पड़ा मुझे तुम्हारे पास
भला मैं क्या जानूँ परिभाषा!

नहीं, तुम से नहीं पूछूँगा
न कुछ माँगूँगा
न स्पर्श करूँगा तुम्हारा
बस महसूस करूँगा
तुम्हारा सामीप्य तुम्हारी नितांत अनुपस्थिति में।

पढ़ता रहूँगा तुम्हारा
स्पंदित चेहरा शून्य से उभरते हुए।

बनाऊँगा एक तस्वीर
पानी से तुम्हारी धड़कती हुई मुस्कुराहट की।

निकल जाऊँगा
तुम्हारी खोयी हुई आँखों से होकर लंबी यात्रा पर।

रखूँगा कुछ देर बाँधकर
उड़ती हुई हवाओं को आलिंगन में।

रख आऊँगा छुपाकर
तुम्हारे स्पर्श बादलों में।

और रचा लूँगा
तुम्हारे स्वर अपने होंठों पर।

और फिर नहीं रहूँगा मैं
एक दिन
मैं।

कौशल किशोर

मोबाइल - 8400208031
पता - एफ- 3144, राजाजीपुरम, लखनऊ- 226017

दुनिया की सबसे सुन्दर कविता

कैसी है वह
कितनी सुन्दर?

इसे किसी प्रमेय की तरह
मुझे नहीं सिद्ध करना है

वह देखने में कितनी दुबली-पतली
क्षीण काया
पर इसके अन्तर में है
विशाल हृदय
मैं क्या, सारी दुनिया समा सकती है

जब भी गिरता हूँ
वह सँभालती है
जब भी बिखरता हूँ
वह बटोरती है
तिनका तिनका जोड़
चिड़िया बनाती है अपना घोंसला
वैसे ही वह बुनती है घोसला
शीत-घाम से बचाती है

मैं कहता हूँ
उसके सौन्दर्य के सामने
मेरी नजर में

सब फीके हैं

उसका सौन्दर्य मेरे लिए
गहन अनुभूति है
लिखी जा सकती है उससे
दुनिया की सबसे सुन्दर कविता।

आग और अन्न

चूल्हा जल रहा है
उसके पास बैठी है औरत

चूल्हे में आग है
आग पर चढ़ा है पतीला
पतीले में पक रहा है अन्न

औरत पतीले का ढक्कन हटाती है
सँभालती है कलछुल अपने हाथों में
देखती है आग और अन्न का मिलन

कितना अद्भुत है यह प्रेम
कि जैसे-जैसे बढ़ती है आँच
वैसे-वैसे फैलती है
पकते हुए अन्न की खुशबू
मह-मह कर उठता है घर

वह देखती है पतीले के अन्दर
आग का असर
उबलते हुए पानी का उठान
फुदकते हुए दाने
अन्न का बदलता हुआ रंग-रूप
पतीले के अन्दर बजता उसका संगीत

अन्न का आग से
जब होता है ऐसा मिलन
सृजित होता है
जीवन का अजेय संगीत
भूख जैसा हिंस्र पशु भी
इसमें हो जाता है नख दंतविहीन।

उसका हिंदुस्तान

एक औरत सड़क किनारे बैठी
पत्थर तोड़ती है
वह पत्थर नहीं तोड़ती
जिन्दगी घसीटती है
एक औरत उन पत्थरों से बनी
सड़क पर सरपट दौड़ती है
कार की तरह
उसमें बैठी हुई

एक औरत के दोनों हाथ मिट्टी में सने हैं
पहली मंजिल से दूसरी मंजिल
दूसरी से तीसरी
बाँस की सीढ़ियों पर चढती हुई
वह मिट्टी की गंध पहुँचाती है

एक औरत रहती है
इस बहुमंजिली इमारत में
मिट्टी की गंध से बेखबर
श्रम से बेखबर
उसकी दुनिया से बेखबर

एक औरत प्रताड़ना की पीड़ा झेलती है
अपमान के कड़ुए घूँट पीती है

आत्मदाह करती है
या सरेआम जलायी जाती है

एक औरत इस घटना पर आँसू बहाती है
वह फर्क नहीं मानती
सभा सोसाइटी में जाती है
हर मंच की शोभा बढ़ाती है
समानता पर
औरतों के जलाये जाने के विरुद्ध
लम्बा भाषण देती है
खूब तालियाँ बटोरती है

वह खुश है कि
औरतों का बिल
उसने पारित करा लिया है
अब दिखेंगी औरतें हर जगह
हर सदन में
मुख्य धारा में होंगी औरतें

एक औरत देख रही यह सब
अपलक निगाहों से
अकड़ गई उसकी पीठ
तन गई उसकी गर्दन की नसें
हाशिये पर खड़ी खड़ी पथरा गई हैं
उसकी आँखें

इन्ही आँखों में है उसका हिन्दुस्तान।

गणेश गनी

मोबाइल - 9817200069
ईमेल - gurukulngo@gmail.com
पता - एम सी भारद्वाज हाउस, भुट्टी कॉलोनी,
शमशी, कुल्लू - 175126

काली और सफेद टोपी वाले

कई दिनों से
बच्चों ने चन्दा मामा नहीं कहा
पिता कविता सुनाना भूल गए
और माँ लोरी गाना

कई दिनों से
देवता के प्रवक्ता ने
कोई घोषणा नहीं की
लोग डरना भूल गए
और गूगल पर खोजबीन बढ़ गई

कई दिनों से
बहुरूपिया इधर से नहीं गुजरा
भूल गए दोस्त
मुखौटों की पड़ताल करना

कई दिनों से
काली और सफेद टोपी वाले बेचैन हैं
धरना बन गए प्रार्थना सभाएँ
और नारे प्रार्थनाएँ लगने लगी हैं

कई दिनों से

पुजारी परेशान है
मंदिर के चौखट पर कोई मेमना नहीं रोया
शहद चोरी होने पर भी
मधुमक्खी ने नहीं की आत्महत्या

कई दिनों से
सपने आते हैं मगर
बाढ़ और भूकम्प की खबर के साथ
जन्म और मृत्यु का डंका बजाते हुए
जागते रहो की बुलंद बाँग के साथ

कई दिनों से
यह भी हो रहा है कि
बादलों के मशक छलछला रहे हैं
बीज पेड़ बनने का सपना देख रहा है
कोयल से रही है अंडे
अपने ही घोंसले में
कई दिनों से
एक कवि जाग रहा है रातों में

पौधे रोपने का मन करता है

इन दिनों
न हँसना अच्छा लगता है
न पृथ्वी पर घूमना।

इन दिनों
न घर अच्छा लगता है
न पृथ्वी पर ठहरना

इन दिनों
बस रोने का मन करता है

इन दिनों
न अधूरी कविताएँ पूरी हो रही हैं
न नई कविता ही लिखी जा रही है

इन दिनों
न पढ़ना अच्छा लगता है
न दोस्त से रूठना

इन दिनों
बस गुस्सा छोड़ने का मन करता है

इन दिनों
न लाल मफलर अच्छा लगता है
न पीली कमीज पहनना

इन दिनों
न नारा अच्छा लगता है
न कहीं धरना

इन दिनों
बस पौधे रोपने का मन करता है।

आप समझते हैं

आप समझते हैं
कि लालकिले के परकोटे से
अपने सम्बोधन में
मात्र मित्रों कहने भर से
सद्भावना का हो जाता है संचार
सम्पूर्ण पृथ्वी पर

आपके तेज तेज चलने से ही

देश का विकास रफ़्तार पकड़ लेता है

आप समझते हैं
कि जहाज के दरवाजे पर खड़े होकर
दाहिना हाथ ऊपर उठाकर
जोर जोर से हिलाने भर से
दरिद्रता के बादल छँट जाते हैं

सरकारी रेडियो स्टेशन से
आपके मन की बात कर देती है
सबके मन का बोझ हल्का

आप जानते हैं यह भी
कि जनता सब जानती है
दिल्ली के तख़्त का
शहंशाह नहीं चौकीदार बनाकर
जनता ने आपका सपना पूरा किया है
आप याद नहीं करना चाहते
हर संसदीय इलाके में
आदर्श गाँव बनाने का वादा

आपको मालूम है
अच्छे दिन आएँगे
ऐसा सौ बार कहने मात्र से
लोग मान लेंगे सच

आपको मालूम है
कि जीभ ही तो है यह
इससे स्नेह का शहद टपका लो
चाहे प्रत्यंचा बनाकर
जहर बुझे बाण बरसा लो।

गौतम कुमार सागर

मोबाइल - 7574820085
ईमेल - gsagar6@gmail.com
पुस्तकें - दो काव्य संग्रह प्रकाशित।
संपर्क - 102, अक्षर पैराडाइज़ नारायणवाडी रेस्टोरेंट
के बगल में, अटलादरा, वड़ोदरा (गुजरात)

क्या समझते हो हमें

क्या समझते हो तुम हमें कि
घंटों खड़े कर देते हो
45 डिग्री की चिलचिलाती धूप में
और 1 डिग्री ठिठुरती दिसंबर की ठंढ में
और घंटों आँखें
आसमान की ओर ताकती हैं
कि तुम्हारा उड़नखटोला कब उतरेगा
कब तुम्हारी सभा शुरू होगी
कितनी देर तुम्हारी बकवास सुननी पड़ेगी

क्या समझते हो हमें
अनशन पर तुम बैठते हो
जूस तुम पीते हो
फोटो तुम खिंचवाते हो
वोट तुम लेते हो
और हमें नेपथ्य में बैठे रहना होता है
तुम्हारे साथ अनशन में
उद्देश्यविहीन स्वप्नहीन
क्या समझते हो हमें कि
कोई भी परेड हो
घंटों हमें नींद में लेफ्ट-राइट करना है
तुम्हारे बोले हुए जुमलों को दोहराना है

क्या समझते हो हमें
कि हर सरकारी-गैर सरकारी उत्सव का आनंद केवल तुम उठाओ
हम केवल मैदान के एलईडी पर
गाढ़े रंग की छवियाँ निहारें धूल-धक्कड़ में
क्या समझते हो हमें
कि तुम्हारे धन्नासेठों द्वारा प्रायोजित मैराथन में शहर-शहर
हम तुम्हारे गोली की आवाज़ पर
दौड़ते फिरें
क्या समझते हो हमें
कि बस तुम्हारे लिए
जंतर मंतर पर
झाड़ू लगाएँ
रामलीला मैदान में
उपवास पर बैठें
राजपथ पर परेड करें
गाँधी मैदान में नारे लगाएँ
शिवाजी पार्क में झंडे लहराएँ
गेट वे ऑफ इंडिया पर मोमबत्ती मार्च करें

तुम्हारे चक्कर में
हमारे खेत सूख गये
दुकानें जला दी गयीं
मवेशी मर खप गये और अब भी नहीं माने
कहते हो 'कल जनपथ पर मोर्चे में चलना है।'

ऑक्सीजन की कमी से

ऑक्सीजन की कमी से
सियाचिन पर मरते हैं सैनिक
ऑक्सीजन की कमी से
अस्पताल में मरते हैं कई दर्जन मासूम बच्चे
इन दोनों के बीच में खड़ा है

विशाल लोकतंत्र
महान लोकतंत्र
असंवेदनशील निजाम
पत्थर दिल समाज
अंधी-बहरी सरकारें
वीकएंड की मस्ती में डूबा मध्य वर्ग
गाय और चीन पर चर्चारत
एसी टीवी स्टूडियो में
काजू पगुराते बुद्धिजीवियों की
ठस्स जमात。。

ऑक्सीजन की कमी से ज्यादा
आत्मा और शर्म की कमी से
जूझ रहा है देश
निर्बल विपक्ष बूढ़े गिद्ध सा
लार टपका रहा है

सैनिक नहीं लौटना चाहते
सियाचिन से
सियाचिन दिल्ली से
कई गुणा पवित्र जगह है

बच्चे जो मर गए
वे भी नहीं लौटना चाहते
फिर से किसी
सरकारी अस्पताल में

दो दिन बाद हमें
लाल किले से
विकास, विकास, विकास
की आकाशवाणियाँ सुनाई देंगी

भारत माता की....
भारत माता की ज....य....!!

पंक्ति दर पंक्ति

हर युग में
साधारण लोगों की
जमीन लूटी गयी
गगन छीना गया
विशेष के लिये
नरेश के लिये

एक दिन
हमारे चमकते शहर में भी ऐसा होगा
गरीब लोग निकाले जायेंगे यहाँ से
अमीरों की गाड़ियों के
पार्किंग स्पेस के लिये

भगवान तू भी चाँदी
चढ़ाने वालों का हुआ क्या
उन्हें दो मिनिट में दर्शन
और चीन की दीवार सी कतार
हमारे प्रवेश के लिये

पूंजीवाद के रेस कोर्स में
सट्टेबाजों ने बोलियाँ लगायीं
पिस्तौल की आवाज़ सुनकर हमें दौड़ना है
हम उम्दा घोड़े हैं इस रेस के लिये

सत्ता के शपथ ग्रहण समारोह में
पहली पंक्ति में नेता, दूसरे में उद्योगपति
तीसरे में नौकरशाह, चौथे में फिल्म, खेलों के महारथी
हमारे लिये थी कहीं कोई अंतिम पंक्ति
और सरहद पे पहली पंक्ति में हम खड़े थे
सिंहासन, शोहरत के लिये, नहीं केवल देश के लिये।

जीवन एस रजक

मोबाइल - 9826333598
ईमेल - jeevan.rajak@yahoo.com
पुस्तकें - अहसास (काव्य संग्रह - 2014)
पता - 'कला निकेतन' बार्ड 27, गाँधी नगर
आज्ञा राम कॉलोनी विदिशा म.प्र. 464001

पिता का जीवन दर्शन

मेरे पिता
आज इस दुनिया में नहीं हैं
मगर उनका जीवन दर्शन
मेरे साथ है
जो मार्ग बतलाया है उन्होंने
मैं कोशिश करूँगा
उस पर चलने की

और कोशिश करूँगा
थोड़ा सा उनकी तरह बनने की

मेरे पिता ने
कभी नहीं देखा स्कूल का दरवाजा
मगर उनका ज्ञान
सहस्र ग्रंथों से बढ़कर था

दादाजी बताते थे
मेरे पिता
जब छह वर्ष के थे
छह वर्ष यानि
माँ की गोद से उठकर
स्कूल के दाखिले की सरकारी उम्र

तब से गाँव के जमींदार के घर
करने लगे थे हरवाही
अर्थात
बँधुआ मजदूरी

जिस उम्र में बच्चे
पढ़ते हैं, खेलते हैं, आनंद उठाते हैं
मेरे पिता ने
उस उम्र में उठा लिया था
परिवार की रोजी-रोटी का काँवर
अपने कंधों पर।

सर उठाकर गर्व से

सिर पर झटक सफेद बाल
चेहरे की लटकती हुई खाल
मुँह में एक भी दाँत नहीं
और उम्र
नब्बे से कम न रही होगी
ट्रेन में पॉपकार्न बेचती अम्मा की

नसों का रक्त
मानों सूख गया है
शरीर लगता है सिर्फ हड्डियों का ढाँचा
अपने झुके हुए कंधों पर उसने
टाँग रखे हैं चार पाँच झोले
और हाथों में पॉपकार्न की बोरी

एक झोले में मूँगफली
एक में नमकीन
एक में गुटखा, सिगरेट
और पीठ पर लदे एक झोले में

गृहस्थी का सामान

ऑफिस जाते-आते समय
मुझे रोज मिलती है अम्मा,
ट्रेन में फेरी लगाते हुए

एक दिन मैंने पूछ ही लिया
अम्मा!
क्या तुम्हारा कोई बेटा नहीं है
अम्मा ने सर उठाकर
गर्व से कहा
है न! मेरे दो बेटे हैं
एक रेल्वे में इंजीनियर है
और दूसरा सरकारी दफ्तर में बाबू।

तलाक! तलाक! तलाक!

तलाक! तलाक! तलाक!
स्वघोषित न्यायाधीश का हथौड़ा
मेज पर गिरा
और फैसला हो गया
औरत के भाग्य का

काले कानून की तरह
बिना दलील, बिना वकील
बिना अपील का फैसला
और क्षण भर में
खत्म हो गया, पवित्र रिश्ता
जन्म जन्मान्तर का

सामन्ती सोच के समक्ष
मजहबी पाखण्डों की आड़ में
बेरहमी से कुचल दिया गया

स्त्री की भावनाओं को
संवेदनाओं को

मुझे नहीं मालूम
इस बेदखली का सबब
पवित्र किताब के किस पृष्ठ पर लिखा है
लिखा भी है या नहीं
परन्तु इतना अवश्य जानता हूँ
परमात्मा राम हो या रहीम
संतानों में भेद नहीं करता
किताबों में पढ़ा है
जहाँ स्त्री की पूजा होती है
वहाँ देवता निवास करते हैं
परन्तु जहाँ स्त्रियों का दमन होता है
अपमान होता है
वहाँ कौन निवास करता है
शायद विद्वानों को
यह लिखने की जरूरत नहीं लगी

फिर क्या फर्क पड़ता है
हम पगड़ी पहनते हैं या टोपी
धर्म के ठेकेदारों,
मेरी गुजारिश है
स्त्री को सिर्फ स्त्री रहने दो।

दिलबागसिंह विर्क

मोबाइल - 95415-21947
ईमेल - dilbagvirk23@gmail.com
पुस्तकें - विभिन्न विधाओं में आधा दर्जन से अधिक पुस्तकों का प्रकाशन।
पता - VPO मसीताँ, डबवाली, सिरसा (हरियाणा) 125104

बारिशों का दौर

सावन में
थमता ही नहीं
बारिशों का दौर
कभी बादल बरसते हैं
कभी आँखें

बादलों के बरसने से
लहक उठती है प्रकृति
और आँखों के बरसने से
मुस्कराने लगते हैं ज़ख्म
हरियाली ही हरियाली होती है
प्रकृति में भी
जख्मों में भी

ये बारिशें
सिर्फ हरियाली ही नहीं लातीं
उमस भी लाती हैं
उमस से फिर घिरने लगते हैं बादल
आसमान पर काले बादल
दिल पर अवसाद के बादल

फिर शुरू होता है बारिशों का दौर
बारिशें ही बनती हैं कारण
अगली बारिशों का

आँखें हों या बादल
खाली हो होकर भरते हैं
भर-भर कर खाली होते हैं!

लावारिस देश

एक तरफ हैं
वे लोग
जो जला रहे हैं देश को
जाति के नाम पर
धर्म के नाम पर
भाषा के नाम पर

दूसरी तरफ हैं वे लोग
जो जला तो नहीं रहे देश को
मगर वे देख रहे हैं तमाशा
चुपचाप बैठकर

तीसरी तरह के लोग भी हैं
जो न जला रहे हैं देश को
न बचा रहे हैं
वे बस बहस कर रहे हैं
उँगली उठा रहे हैं
इस्तीफा माँग रहे हैं

इस देश पर अपना हक़
जताते हैं सब
मगर दिखता नहीं कोई

देश को बचाने वाला
आखिर ये देश किसका है?

रंग

हरे, लाल, पीले
गुलाबी, उनाबी
रंग ही तो रंगीन करते हैं
जीवन को

चेहरे पर लगे रंगों से
खिल उठते हैं चेहरे
मगर चेहरों पर
रंग सिर्फ़ लगाया नहीं जाता
चेहरे खुद भी रंग बदलते हैं

चेहरों का रंग बदलना
बेरंग करता है रिश्तों को
रंग बदलते चेहरों के बीच
रिश्तों का बेरंग हो जाना
सबसे बड़ी त्रासदी है
इस युग की।

भेड़चाल

शिकार बन जाना
सम्मोहित हो जाना
नियति है भेड़ों की

कितने भी युग बदलें
ज्ञान का प्रसार हो चाहे जितना

भेड़ें भेड़ें ही रहती हैं
और भेड़िए भेड़िए

बदलते दौर के साथ
नहीं बदलतीं भेड़ें
मगर बदल जाते हैं भेड़िए

भेड़िए आजकल सिर्फ़ शिकार नहीं करते
पूरी भेड़ जाति पर कब्जा जमाने के लिए
वे पालते हैं कुछ भेड़ें
भेड़ियों की पालतू भेड़ें
चलती हैं भेड़ियों के इशारों पर

बहुत सी भेड़ें
बेशक पालतू नहीं भेड़ियों की
मगर वे भेड़ें तो हैं ही
उन्हें निभानी होती है
भेड़चाल की अपनी परम्परा।

भेड़िए की जीत

आज तेरे पास नहीं
भले ही गुजारे लायक साधन
मौसमों की मार भी पड़ती है तुझ पर
गले तक कर्ज में भी डूबा है तू
मगर तू वंशज है ऊँचे खानदान का
पीढ़ियों पहले
तुम्हारी जाति के लोगों ने
किया था शोषण हमारी जाति का
अब उसकी सजा भुगतनी होगी तुझे
ये कहकर निगल गया
सामाजिकता का भेड़िया
आर्थिकता के मेमने को।

निरुपमा सिन्हा

मोबाइल - 7011146016
पुस्तक - 'मौन तुम मुखर मैं' (काव्य संग्रह)
पता - इंद्रापुरम, गाज़ियाबाद

कहानी से भागी हुई कविता

एक कूड़ेदान के पास
एक नाले पर आधी लटकी हुई
एक जिसके गर्दन पर लिपटी थी
नाल..शायद ज्यादा कस दी गई थी
एक अस्पताल के ठीक पीछे
जहाँ सिरिंज के ढेर में लहुलुहान था पूरा शरीर
और एक पार्क के कोने में
जहाँ बच्चे अक्सर छिप जाते थे कोई न खोज पाए कोई

जन्म से पहले की
स्थिति में ही छीन लिया गया है
इनका जन्मना
सभी को बटोर ले जाती है
एक जर्जर सरकारी गाड़ी
शहर से बहुत दूर
उस टीले पर छोड़ आने के लिए
जहाँ गिद्धों का अतिक्रमण
बँटवारा कर चुका होता है
अपने अपने हिस्से का भोजन...

पलटा जाता है ट्रक से
समाज का बहिष्कृत कुनबा

खुली जगह की बदबूदार हवा उनमें भरती है
साँस के टूट जाने से पहले का सच
बतियाने लगती है
उनकी विक्षिप्त लाशें मृत होने की कथा..

सरक आती है आसपास
सभी आकृतियाँ दर्द के दायरे में
सुनते सुनाते चीखती हैं
सारी लाशें झटके में
जर्जर लावारिस लारी फिर पलट जाती है
इस सदी की लाचारगी का मलबा..

जिंदा समाज का सच
जो नींव बन रहा है
उन बहुमंजिली इमारतों का
जिसमें रचा जायेगा इतिहास
फिर
जन्म होगा द्रौपदी का
जिसको निभाना होगा पाँच पुरुषों के साथ
या तो
भीड़ बढती जाएगी कौरवों की
जहाँ स्त्री होगी अल्पसंख्यक...

पीड़ा!!
बलि में नहीं
घटती उस मानवीयता में है
जहाँ मर जाना है
सृष्टि की जननी को
रचना करने से पहले ही!!

उड़ान

जीवन के उस मोड़ पर
जब रोटियाँ होने लगती हैं
बिना प्रयास के गोल
सब्जियों में नमक
हाथों में ज़रूरत भर ही उठता है
सफ़ेद होते बालों को ढँक देता है
भरपूर्ण परिवार का प्यार

पूरे घर की दीवारों में
सीमेंट की जगह देखा जा सकता है
कभी न टूटने की हद तक
साफ़ साफ़ उसके नाम को

बेटा 23 साल का
कैरियर की
पहली पायदान पर
सफलतापूर्वक कदम रखता हुआ
16 वर्षीय बेटी के नन्हें परों पर
ठहरी है दुलार की उड़ान

पूरी की पूरी गृहस्थी
पगडंडियों से गुजरती हुई
आ चुकी थी जिंदगी के उस मुकाम पर
जहाँ बाधाएँ भी किनारा कर चुकी होती हैं

सात वचनों का साकार रूप
जीवन का सच बन चुका होता है
तब वो
50 साल की औरत
झाड़ती है अपनी खिड़कियों से धूल
देखना चाहती है

उगता सूरज
आँखों में उतार लेना चाहती है उजास

फ़र्क देखना चाहती है
तपती दोपहरिया का
शाम में ढल जाना
थपथपाती है आँसुओं को
और
चाँद को आसमां से धरा पर उतारने की
सारी कोशिशें
अपने पल्लू में बाँध
निहारती है क्षितिज को

ऐसे में बेटा पकड़ाता है
हल्के पावर का चश्मा
बेटी कंधे पर झूलकर कहती है
'अम्मा ठंढ लग जाएगी खिड़की बंद कर लो।'
वह हौले से सहलाती है बेटी का गाल
और बेटे की हथेलियों में रख देती
चुम्बन के साथ चश्मा

गुनगुनाहट भरे स्वर में बोलती है
'खिड़कियाँ बंद नहीं करना मेरे बच्चों
ज़िंदगी की आपाधापी में
जो छूट गया उसे पकड़ना चाहती हूँ
अब अपने लिए भी
जीना चाहती हूँ'
खिड़की पर आ बैठते हैं पक्षी
वह परों को सहलाती है
उसके कानों में गूँजते हैं अपनी उड़ानों के स्वर!!

निर्मल गुप्त

मोबाइल - 08171522922
पुस्तकें - तीन व्यंग्य संग्रह, एक कविता संग्रह तथा एक बाल कथा संकलन प्रकाशित।
पता - 208, छीपी टैंक, मेरठ - 250001

नदी और उसका अतीत

कल तक जहाँ नदी थी
वहाँ झींगुरों का अभयारण्य है
उनसे कहो
वे अपने मुकद्दर पर न इतराएँ
उन्नत किस्म के कीटनाशक
उन्हें ज्यादा देर तक वहाँ नहीं गाने देंगे।

कल तक जिसके जल में
मछलियाँ तिरती थीं रात-दिन
इन्द्रधनुषी आभा लिए
उनके जीवाश्म अब
इतिहास की गीली मिटटी में
गहरे तक धँस गये हैं।

नदी की जगह उग आये हैं
इस्पात और कंक्रीट के
सभ्य और सुसंस्कृत फूल
जहाँ कमजोर मादाओं और मर्दों के समुच्चय
अपने अपने तरीके से
विकास की नीव रखने की जल्दबाजी में हैं।

नदी सूख गयी इक दिन

जल ने भर लिया
भाप होने का स्वांग
अब सिर्फ रुई जैसे बादल हैं
गरजते हैं, चमकते हैं
बरसने के लिए बरसते नहीं है.

नदी के पास नहीं है
अब कलकल कर बहने की
निरंतर प्रवाहित होने की
कोई पुख्ता वजह
उसके पास गीली स्मृतियों के सिवा
अब कोई और अतीत है भी नहीं.

कबाड़ख़ाने में

किताबों के ढेर में से
अपने लिए एक अदद किताब ढूँढ़ना
वैसा ही है जैसे
कलकल कर बहती नदी में से
चुल्लू भर निर्मल जल
भर लेने की हठ करना।

जहाँ तहाँ कागज के पुर्जों पर लिखी
कविताओं में से
एकाध आधी अधूरी पंक्ति
तलाश लेना भी वैसा ही है
जैसे पा जाना
अपनी आत्ममुग्धता के लिए
कोई भूला बिसरा टोटका।

मन के सघन वर्षावन में
रोज उगते हैं अनगिन

नीले पीले बैंगनी फूल
मादकता का नया मुहावरा गढ़ते
कँटीले अहसास के साथ
स्मृतियों को लहूलुहान करते।

वक्त की हथेली से झड़ रही है उम्र
बेआवाज़ बेसाख्ता
कामनाएँ मौजूद हैं देह में
पूरी ढिठाई के साथ
समय सिद्ध नुस्खों की पाण्डुलिपि के
जर्जर पन्नों को पलटती।

वक्त के कबाड़खाने में
सीलन है, अँधेरा है
ठण्ढक है, आर्द्रता है
शरीर में झुरझुरी पैदा करती।
ऐसे में हो जाती हैं अक्सर
पढ़ी लिखी बातें बेकार

अनायास कुछ नहीं होता

कभी कुछ अनायास नहीं होता
न बीज धरती में स्थ होता है
न पंछी एक डाल से दूसरी डाल की ओर
उड़ान भरते हैं
न किसी लड़की के गाल
प्यार, अपमान, तिरस्कार या गुस्से से
लाल भभूका हो तमतमाते हैं।

कभी कुछ हरदम मनचाहा नहीं होता
न साँस तयशुदा तरीके से चलती है
न शिराओं में उत्तेजना का रक्त बहता है

न केवल चाह लेने भर से
देह में सिहरन सी उठती है
न कोई आहट आकार ग्रहण करती है।

कभी कुछ सही समय पर याद नहीं आता
होठों पर मुस्कान पहले आ जाती है
वजह अनुमान की ओट में रह जाता है
उन्माद दिल में धड़कने लगता है
मुस्कराहट की गहरी परत के पीछे का अतीत
अपनी भनक तक नहीं लगने देता।

कभी कुछ योजनाबद्ध तरीके से नहीं होता
समय कभी कदमताल नहीं करता
बीतने के बावजूद ढेर सा वर्तमान
बचा रह जाता है वक्त की परिधि के बाहर
कामनाओं के लिपेपुते चेहरों पर
उम्र की शिनाख्त अनचाहे ही सही
बार बार हस्ताक्षर बनकर उभरती हैं।

अनायास फिर भी कितना कुछ बीत जाता है
किसी के आने-जाने की पदचाप तक सुनाई नहीं देती।

नीरज नीर

मोबाइल - 8797777598
ईमेल - neerajcex@gmail.com
पता - 'आशीर्वाद' शुभ गौरी इन्क्लेव के पीछे, बुद्ध विहार,
पो ऑ- अशोक नगर, राँची 834 002 झारखण्ड

जंगल मे पागल हाथी और ढोल

पेट भर रोटी के नाम पर
छीन ली गयी हमसे
हमारे पुरखों की जमीन
कहा जमीन बंजर है।

शिक्षा के नाम पर
छीन लिया गया हमसे
हमारा धर्म
कहा धर्म खराब है।

आधुनिकता के नाम पर
छीन ली गयी हमसे
हमारी हजारों साल की सभ्यता
कहा हमारी सभ्यता पिछड़ी है।

अपने जमीन, धर्म और सभ्यता से हीन,
जड़ से उखड़े,
हम ताकते हैं आकाश की ओर
गड्ढे मे फँसे सूँड़ उठाए हाथी की तरह

जंगल से पागल हथियों को
भगाने के लिए
बजाए जा रहे हैं ढोल।

अपना अपना बसंत

ठेले और खोमचे से लगी दीवार के उस पार
कहते हैं
आया है बसंत
ठेले के नीचे
नाली के स्लैब पर
खेलती लड़की
देखना चाहती है बसंत
बर्तन माँजने वहाँ जाती उसकी माँ को
है सख्त ताकीद
बच्ची को अन्दर नहीं लाने की
वहाँ लॉन में खिले हैं
कई तरह के गुलाब
गेंदा, डहेलिया, बेली और जूही के फूल
वहाँ रेशमी फ्रॉक पहने
चाइनीज डॉल सी लड़की
पकड़ती है फूलों पर से तितलियाँ...

नाली के स्लैब पर खेलती लड़की की माँ
लाल रिबन से बना देती है
उसके लिए एक फूल
और खोंस देती है उसके बाल में
लड़की के चेहरे पर
आ जाती है मुस्कान
ठेले के नीचे
आ जाता है बसंत
माँ के गोद में सो रही लड़की
सपने में पकड़ती है तितलियाँ

बहेलिया और जंगल में आग

जब जब जागीं उम्मीदें
अरमानों ने पसारे पंख
देखा बहेलियों का झुंड
आसपास ही मँडराते हुए
समेट लिया खुद को
झुरमुटों के पीछे
अँधेरा ही भाग्य बना रहा
हमारे ही लोग
हमारे जैसे शक्लों वाले
हमारे ही जैसे विश्वास वाले
करते रहे बहेलियों का गुणगान
उन्हें बताते रहे हमारी कमजोरियों के बारे में
बहेलिये भी हराए जा सकते हैं
कभी सोचा ही नहीं
उनकी शक्ति प्रतीत होती थी अमोघ
जंगल में लगी आग में देखा
बहेलिये को भयाक्रांत
जान बचाकर भागते हुए
बहेलिया भी डरता है
वह हराया जा सकता है
उठा लिया एक लुआठी
सबने कहा यह गलत है
बहेलिये को डराना है अनैतिक
हम हैं इतने ज्यादा, बहेलिये इतने कम
पर धीरे धीरे जमा होने लगे सभी
बन गयी एक लम्बी शृंखला लुआठियों की
भयमुक्त जीना
अपनी संततियों के लिए सुखद भविष्य देखना
अच्छा लगता है
अच्छे दिन आ गए

एक टुकड़ा मुस्कान

अभी मुझमें जिन्दा हैं कई दिन
और जाग रही हैं कई रातें-दिन,
जो जिया था तुम्हारी उम्मीद में
और रातें,
जो काटी थी तुम्हें सोचते हुए
इस बीच उग आये हैं बबूल
और गुम हो गए हैं रास्ते
काँटों के साँझ तले
मुझे गुजरना है इन्हीं काँटों से
मुट्ठियों में लिए खुश्बू
जो उगाई थी मैंने
सींचकर तुम्हारे प्रेम से
उन खुश्बुओं में अब भी कायम है
मेरी कविताओं की चंद पंक्तियाँ
जो मैंने लिखी थी
तुम्हें सोचकर,
पहले छुअन का अहसास
और तुम्हारी खनकती हँसी
तुम्हारी मुस्कान का एक टुकड़ा
मैंने बचाकर रखा है
जिसे मैं लगा लेता हूँ
कभी कभी
अपने रिसते घावों पर

पुरु मालव

मूल नाम - पुरुषोत्तम प्रसाद ढोडरिया
मो. - 9928426490
ईमेल - purumalav@gmail.com
पता - कृषि उपज मण्डी के पास, अकलेरा रोड
छीपा बड़ौद, जिला- बाराँ (राजस्थान) 325221

अपरिचय

प्रायः जब हम मिलते थे
कई सिरे खुले होते थे
बोलने-बतियाने के
हम किसी भी सिरे को पकड़कर
शुरू कर देते थे बातों का सिलसिला
और किसी भी मोड़ पर ले जाकर
छोड़ देते थे
बातचीत शुरू करने की ख़ातिर
हमें जरूरत नहीं पड़ती थी
आपस में हालचाल पूछने की
या मौसम के मिज़ाज पर टिप्पणी करने की
हम देख लेते थे परस्पर
निगाहों के आर-पार भी बहुत दूर तक

धीरे-धीरे अपरिचय का द्रव
गाढ़ा होता गया
और धुँधलाते गए हम भी
फ़ासलों की गर्द में खोता गया
वो बेवजह मिलने का लुत्फ़

अब कहीं हम मिलते हैं
फीकी मुस्कुराहटों के अभिवादन के साथ

गला खँखार कर
पसरे हुए मौन को रौंदते हुए
बहुत खोजने पर भी
बातचीत का कोई सूत्र हाथ नहीं लगता

कौतूहल

कौतूहल चुकता जा रहा है
जीवन से

सड़क किनारे अब
मजमा नहीं लगता
लोग आते हैं
जाते हैं
रुकते नहीं
बस डुगडुगी बजती रहती है

सड़क अचानक चीखकर
खामोश हो जाती है
मगर रुकती नहीं
रफ्तार पहियों की

घर की बातें
फुसफुसाकर
घर ही में दफ्न हो जाती हैं
चिल्लाती हुई
चौराहे पर नहीं आतीं

छोटी-छोटी बातें भी
बहुत बड़ी होती थीं
अब बड़ी-बड़ी बातों का भी
महत्त्व नहीं रहा

कोई दृश्य
ठहरता ही नहीं स्मृति में
देर तक
घटनाएँ रेल की तरह
धड़धड़ाती गुजर जाती हैं
अब आँखें फाड़-फाड़कर देखने जैसा
कुछ दिखता नहीं
और कान खोलकर सुनने लायक
कुछ सुनाई नहीं देता

जीवन के फूल

अलस्सुबह
नीम अँधेरे में
पौ फटने से पहले
घंटियों की कर्कशता के साथ
बिखरती मधुर स्वर - लहरियों के बीच
जन्मने लगता है दिन
रात की कोख से

मगर इससे पहले ही
भभक उठते हैं चूल्हे
खदबदाने लगती हैं हांडियाँ

अकड़ने लगते हैं खूँटे
रँभाने लगते हैं बाड़े

जाग उठते हैं भांडे
चर्राने लगती हैं घिरनियाँ

सूरज की किलकारी से पूर्व
आबाद हो जाते हैं खेत

मौसमों की मार सहती धरा को
पसीने से सींचकर लौटते
बुढ़ाते दिन की खिल्ली उड़ाते
थकन से चूर
किंतु प्रसन्न शरीर

रात का पाँव भारी होते ही
लौट आती हैं रौनकें गाँवों में
धूणियों में, अलावों में
मंदिरों में, चौपालों में
थिरक उठती है जिंदगी

अनिश्चितताओं
आशंकाओं
असुविधाओं
के बावजूद
खिले रहते हैं जीवन के फूल
बिखरी रहती हैं खुशबुएँ
प्रेम की
विश्वास की
सौहार्द की

प्रद्युम्न कुमार सिंह

मोबाइल - 08858172741
पता - प्रवक्ता श्री जे0 पी0 शर्मा इण्टर कालेज,
बबेरू बाँदा उ0प्र0 पिन 210121

तुम्हें देखना होगा

तुम्हें देखना होगा
ऐसे विषम समय में
जहाँ कुचली जा रही हैं
असहमतियाँ
तुम्हारा सुरक्षित समझना
और होठ सिल बेजुबान
होने का अभिनय करना
तुम्हारा पागलपन है
मात्र तुम्हारे मन का
वहम है
देखना!
एक दिन यही निगल जायेगा
तुम्हें और तुम्हारे मौन को भी
मनमाने अंदाज में
क्योंकि जब तक
कुचली जाती रहेंगी
असहमतियाँ
तुम्हारा मौन भी नहीं रह सकता
सुरक्षित
इसलिए आओ साथी आओ
मिलकर मुखर करें
असहमतियों को
और त्याग दें मौन के

गहन निःशब्द को
जिससे बचाया जा सके
देश और समाज को
और बचाया जा सके
मानवता की आखिरी उम्मीद को

वह है कंधों का उस्ताद

वह है कंधों का
उस्ताद
ढूँढ़ लेता है
हर वक्त हर जगह
एक मँझा हुआ
स्वस्थ कंधा
शायद तुम!
समझ पाओ कभी
उसकी कमजोरी
और कर सको उस पर
घातक प्रहार
तोड़ सको
उसके कंधों का फितूर
समझ सको उसकी
हँसती हुई रुदाली
बजती तालियों की
गड़गड़ाहट
जिनके बीच उसके होठ
हँसते हैं
कुटिल मुस्कान
भिंची चबुरी से
निकलती है
लाशों की सड़ांध
आहों में उभरते हैं

भावों के मुगालते
क्योंकि
वह है कंधों का
उस्ताद
फिक्र है उसे खुद से अधिक
गोरखबाजों की
चिन्ता में वह चित्त रमाता
धानिकों को बहुत वह
रास आता
अत्ता पत्ता में तुम्हें
बुझाता
मालपुए खुद वह
चट कर जाता
चने की फुनगी,
सरसों के पात
मीठे वचनों से
उसको पाग
बड़े चाव से तुम्हें खिलाता
बुद्धि विवेक हर ले
जाता
उँगली के गोल वह
तुम्हें फिराता
भाँति-भाँति के जयकारे
लगवाता
वह है कंधों का
उस्ताद

ढाँपो खुद का वहशीपन

ढाँपो खुद का
वहशीपन
कृषकों श्रमिकों

और बच्चों से
रोको अब अपना
गत आगत का
अनर्गल ज्ञान
छोड़ो आयात और निर्यात के
लुभावने धन्धे की बात
पोतो उन तमाम
तस्वीरों को
जिनसे आती है बू
जाति धर्म और कुनबे की
घृणा और नफ़रत की
खत्म कर दो
उन दरीचों को
जिनसे रोशनी की जगह
फैलता है
कभी न खत्म होने वाला
अँधेरा
छीन ली जाती हैं
जिनसे जीने की
आजादी
और छीन ली जाती हैं बची हुई
तुम्हारी साँसें
आड़ में जिनकी
रची जाती हैं
तुम्हें खत्म करने की
गुलाबी साजिशें

प्रेम नंदन

मोबाइल - 09336453835
ईमेल - premnandan10@gmail.com
पता - उत्तरी शकुन नगर, सिविल लाइन्स,
फतेहपुर, (उ0प्र0)

भूख

चेहरे पर तैरती
विकराल भूख लिए
एक तेरह-चौदह वर्षीय लड़का
खड़ा है
सुबह ही साफ की गई
शहर की मुख्य सड़क पर,
शायद कोई मंत्री आ रहा है
शहर का दौरा करने आज

लड़के के सामने
न सड़क है, न गाड़ियाँ,
न आते-जाते लोग,
न इधर-उधर खड़ी पुलिस,
उसके सामने मुँह बाए खड़ी है
एक विकराल भूख
धकेल रही है उसको
सड़क के उस पार
पकौड़ियाँ तल रहे
खोमचे वाले की ओर।

कितनी बेहया है भूख-
उठाकर लड़के को

पटक दिया खोमचे वाले के सामने
फटी हुई पीली आँखें
धँस गईं पकौड़ियों में
छोटे, मरियल हाथ झपट पड़े
पकौड़ियों पर
कुछ पकौड़ियाँ लेकर
तेजी से भागा वह!

खोमचे वाला चिल्लाया
पकड़ो-पकड़ो
चोर...चोर...चोर
उसकी आवाज सुनकर
किसी की सहायता को
कभी न हिलने वाले,
कुछ पैर दौड़ पड़े।

सामने से आती
तेज सायरन देती
मंत्री महोदय की
गाड़ी से टकराया वह

मंत्री जी उचक पड़े
गाड़ी की सीट पर
तुरंत आदेश दिया
अपने सुरक्षाकर्मियों को
'भून डालो साले को,
कोई आतंकवादी है
मुझे चाहता है मारना
देखो न!
मुट्ठी में बम लिए है!''

धाँय... धाँय...धाँय...
चलीं कुछ गोलियाँ
वहीं बीच सड़क पर

लुढ़क गया वह लड़का!

बम निष्क्रिय करने वाले
पुलिस के जवान ने
खोलकर देखी-
लड़के की मुट्ठी

सड़क पर बिखर गईं-
खून से सनी, पाँच-सात पकौड़ियाँ!

भविष्य

मेरे गाँव के
खूबसूरत चेहरे को
बदरंग करके
बिजूके की तरह
टाँग दिया है
बाजार ने
लकड़हारे के हाथों बिक चुके
रेत हो चुकी नदी के किनारे खड़े
अंतिम पेड़ की
उदास डालों पर,

अब पेड़ चाहे तो
चेहरा पहन ले
या फिर चेहरा
पेड़ हो जाए
और फिर दोनों
रेत को निचोड़कर
मुक्त कर दें नदी को,

ऐसी ही दो-एक संभावनाओं पर

टिका है
गाँव, नदी और पेड़ का भविष्य!

बीता समय उदास है

उदास है
गाँव की सरहद पर
चौकीदार-सा खड़ा
बूढ़ा बरगद
क्योंकि लोग उसकी छाया में
बैठने, बतियाने
अब नहीं आते

सूना है
बड़े कुएँ का पनघट
क्योंकि नही गूँजती
चूड़ियों, पायलों की झंकार
बाल्टी, गागर की खनखनाहटें
अब नहीं सुनाई देतीं यहाँ
लड़कियाँ-औरतों की खिलखिलाहटें

उदास है
जीवन के मद्धिम अलाव में पकी
अनुभवों की गठरी लिए बैठी
वृद्धावस्था
क्योंकि लोग उसके पास
राय-मशविरा करने,
उनके सुख-दुःख सुनने
अब नहीं आते!

ब्रजेश कानूनगो

मोबाइल - 9893944294
ईमेल - bskanungo@gmail.com
पुस्तकें - विभिन्न विधाओं में आधा दर्जन से अधिक किताबों का प्रकाशन।
संपर्क - 503, गोयल रीजेंसी, चमेली पार्क, कनाडिया रोड, इंदौर- 452018

भरा हुआ

जो खाली है प्रतीक्षा से भरा है
जो था वह मिठास में बदल गया खाली होकर

पत्थरों से भरे को नमी का इंतज़ार था
मुलायम हुआ तो गीलेपन से भर गया

हरे होने के इंतज़ार में
बीजों की प्रतीक्षा करता रहा

दानों से भरीं बालियाँ तो खुशियों से भर गया जीवन
कोंपलों की प्रतीक्षा में खड़ा पेड़ उदासी से भरा है
पत्तियों से भरेगा तो कलरव से भर जाएगी हवा

कामना से भरे थे हृदय
ऊष्म आलिंगन की प्रतीक्षा में
प्रेम से भरे तो पिघलने लगा बर्फ
बहने लगीं प्रतीक्षा करती नदियाँ लबालब

खनक से खाली हुआ तो चहक से भरा
जो चहक से भरा था लोरियों से भरने लगा

धीरे-धीरे सपनों से भर गई नींद

सपनों से भरा है समुद्र
खाली होने की प्रतीक्षा में.

मन की रेत पर

ये जो निशान बने हैं ताजे
कोई गुजरा है अभी
रेत से होकर

इंद्रधनुष उड़ा मन के आकाश में
लहरें पीछा करती लपकीं हमारी ओर
तो दूर तक बनते गए
स्मृतियों के सुंदर फूल

लौटते जल से डबडबाए
कदमों के निशान
जैसे आँसू खिलखिलाती आँखों में

फिर गीली होने लगी है रेत
निशानों को भरने लगा है मीठा समुद्र।

रंगों में रंग

माँ के मांडने में
भूरे रंग के कैनवास पर
जो सफ़ेद लकीरें नाचती हैं आदिवासियों की तरह
उत्सव का रंग समाया होता है उनमें

खुशी में डूबे हों
तो स्याह भी दिखाई देने लगता है जैसे हल्दी का रंग
पीला पत्ता झरता है सूखे पेड़ से प्रेम में डूबा
गुलाब की पंखुरी की तरह बिखर जाता है धरती पर

हरे में कुछ भी हरा नहीं होता उदास मौसम में
जैसे फसल का रंग किसान की आँखों में
पाला पड़ने के बाद

नीला हुआ समुद्र
सदियों से धैर्य के गहरे रंग से भरा है शायद

और जो सुर्ख बिखरा है यहाँ वहाँ
उपद्रवियों के जश्न के बाद
आँसुओं के रंग से कितना मिलता है उसका रंग

केसरिया में केसर नहीं
हरियाली दिखती नहीं हरे में
सात रंगों का समुच्चय नहीं रहा सफ़ेद

न जाने किस रंग में डूबे हुए हैं सारे रंग
कि छोड़ते जाते हैं अपना रंग.

अपराध बोध

ऐसा फिसला मन कि
संस्कारों की पोटली
जा गिरी लालच की आग में

आँख खुली तो
आत्मा मूसल की तरह
कुचलने लगी अस्तित्व को

पश्चाताप के समुद्र में
आँसुओं का नमक मिला
तो बिखर गया ठोस पत्थर

तैरने लगा दुःख
हल्का होकर।

चाकू

हत्या ही नहीं करता किसी की
पेन्सिल की नोक भी बना लेता है
चित्रकार चाकू की मदद से

कटता है जब तरबूज
तो मिठास से भर जाती है मरुस्थल की रेत

चाकू नहीं होता
तो बढ़ती रहतीं पीड़ा की गाँठें
हट नहीं पाता बीमार हिस्सा शरीर से

एक चाकू बहुत जरूरी है
दुनिया के खराब हो गए अंगों को
काट फेंकने के लिए।

डॉ मनोज कुमार 'मन'

मोबाइल - 08275970243
ईमेल - wclmanojkumar@gmail.com
पता - सहायक प्रबंधक (राजभाषा/जनसंपर्क), जनसंपर्क विभाग, वेस्टर्न कोलफील्ड्स लिमिटेड, कोल इस्टेट, सिविल लाइन्स, नागपुर-440001

खूबसूरत किताबें

वर्षों से अयोध्या में
एक मुकम्मल और अदृश्य
पाकिस्तान बसता है।
जमीन का एक टुकड़ा,
एक के लिए भगवान और
एक के लिए ईमान हो गया है

इतिहास बताता है कि,
मंदिर को तोड़ मस्जिद बनाई गई थी
इतिहास ने फिर से 1992 में
खुद को दोहराया और
फिर से मस्जिद को गिराया

वर्तमान कहता है कि
आपस में बैठ रास्ता निकाल लो
जनाब यह कैसा फरमान

यदि होता यह सब संभव तो
सज़दा न करता एक-दूसरे का इंसान
नहीं होता कोई सदियों से यूँ परेशान

बरसों से मेरे घर की

अलमारी में एकदम खामोश बैठी हैं
गीता, रामायण, बाइबिल, मानस और कुरआन
गलियों में लड़ता और अदालतों में उड़ता
फिर रहा है इंसान
सोचता हूँ काश!
मैं इन्हें भी अपने घर की अलमारी की तरह
बैठा सकता ठीक-ठाक सलीके से
उन खूबसूरत किताबों की तरह

घोषणा की पकौड़ियाँ

एक मंत्री थे
पाँच साल कुर्सी पर रहे
सभी अच्छे से जानते थे
उसने केवल अपने स्वार्थ साधे हैं

पाँच साल बाद
फिर चुनाव पर्व आया
मंत्री जी को फिर से
जनता के हितों की चिंता
सताने लगी, उसने तत्काल
एक प्रेस कॉन्फ्रेंस बुलाई
और घोषणाओं की झड़ी लगा दी

उसी शाम टीवी पर एंकर और एक्सपर्ट
मंत्री जी की घोषणाओं की पकौड़ियाँ
तलने में लगे गए
कभी-कभी आँच तेज़ होने पर
जलने का खतरा बनता दिखता
पर पकौड़ियाँ तलने वाले
बहुत ही पहुँचे हुए थे
मंत्री पर जनता को लूटने के

आरोप तय नहीं थे
उन्हें अपनी सफाई में
बहुत कुछ कहने का
पूरा-पूरा मौका दिया गया
आखिर मंत्री जी ने
पकौड़ियाँ तलने पर
इतना खर्च जो किया था
पकौड़ियाँ तलने के लिए
एक्सपर्ट भी बुलाए गए थे

अगले दिन सारे नामचीन अख़बार भी
पकौड़ियों की महक से महक रहे थे
साथ में मंत्री जी के पकौड़े जैसे मुँह से भी
अख़बार सने हुए थे
लग रहा था कि, मंत्री जी ने
अगले पाँच साल के लिए
फिर से कढ़ाई चढ़ा दी थी!

एक राजा की व्यथा

रोड के मोड़ पर
एक राजा पड़ा मिला
बोला मियाँ देखो हमारा क्या हाल हो गया
मुझे हँसी के साथ बचपन की कविता याद आ गई
आलू -कचालू बेटा कहाँ गए थे
बंदर की झोपड़ी में सो रहे थे
बंदर ने लात मारी रो रहे थे
पर अब की बार लात बंदर ने नहीं
मंडी के बड़े व्यापारी और
सरकार साहेब ने मारी थी
किसान मेहनत से उगाता है
पर ठीक दाम पर बिक नहीं पाता है

और फेंक दिया जाता है
रोड के किसी मोड़ पर
कुचले जाने के लिए
जहन में एक ठोर सवाल है
कौन इस ट्रेजडी का असल जिम्मेदार है?
हालाँकि कुछ कम थी
पर अगले ही पल मेरी पलकें नम थीं
धरती के गर्भ से जन्मा ये राजा
जन्म लेते ही फेंक दिया जाता है रोड पर
किसी अनचाही बच्ची की तरह
तो क्या हुआ जो इसमें जीवन नहीं है
पर हर जीवन की जरूरत भी यही है

धन्यवाद

हंगामे से शुरू
हंगामे पे खत्म
शायद अच्छे लगते होंगे उन्हें
ये शब्द कहना और सुनना
गरीब, दलित, शोषित और पीड़ित
प्रतिशत, हज़ार, लाख और करोड़ में आँकड़े देना
खिसियाकर मुस्काना और खीज में चिल्लाना
उनके लिए ये सब शायद वर्षों से शब्द भर ही हैं
हंगामा भवन साक्षी है
उनके सभी हंगामों का
वह भी निःशब्द सुनता रहता है
और जारी रहता है हंगामा
और जारी रहता है धन्यवाद...
धन्यवाद!

महेंद्र भटनागर

मोबाइल - 09729730048
ईमेल - drmahendra02@gmail.com
पुस्तकें - एक दर्जन से अधिक कविता संग्रहों का प्रकाशन।
पता - 110, बलवन्तनगर, गाँधी रोड
ग्वालियर 474002 म.प्र.

अन्तर्ध्वन्सक

कौन है,
वह कौन है?
जो-
हमारे स्वप्नों में ख़लल डालता है,
हमारे बनाये-सजाये
चित्रों को विकृत कर
बदल डालता है, उनकी विराटता को
बौना कर देता है, उनकी उन्मुक्तता में
कुण्ठा भर देता है!

वह कौन है?
वह दुस्साहसी कौन है?
जो -
हर संगत लकीर को
जगह-जगह से तोड़कर
असंगत लिबास पहना देता है,

परिवेश की अर्थवत्ता छीनकर
अनर्गल वैशिष्ट्य से गहना देता है!
सही परिप्रेक्ष्य से विस्थापित कर
हास्यास्पद भूमिकाओं की
चितकबरी प्लास्टर झड़ी

दीवारों पर
उल्टा टाँग देता है!

हमारे विश्वासों की
जीवन्त प्रतिमाओं को
खण्डित कर
कोलतारी स्वाँग देता है!

यह
किसका अट्टहास है?
चारों ओर लहराते
नागफाँस हैं!

पर, सावधान!
मैं इतिहास को दोहराने नहीं दूँगा,
आतताइयों को
निरीह लाशों को रौंदते
विजय-गान गाने नहीं दूँगा!

इन स्वप्नों की
इन चित्रों की
गत्यात्मकता,
अनुभूत-सिद्ध वास्तविकता

दूर-पास फैले
असंख्य-अदृश्य
भेदियों के जालों को
तोड़ेगी,
मानव-मानव के बीच
पहली बार
सच्चा रिश्ता जोड़ेगी!

कामना

कभी तो ऐसा हो कि हम
अपने को ऊँचा महसूस करें,
भले ही चंद लमहों के लिए।

कभी तो ऐसा हो कि जी सकें हम
ज़िन्दगी सहज
कृत्रिम मुसकान का मुखौटा उतारकर,
बेहद तरस गया है
आदमी सच्चे क़हक़हों के लिए!

कभी तो हम रू-ब-रू हों
आत्मा के विस्तार से,
कितना तंग-दिल है आदमी
अपरिचित परोपकार से!

अंधकार भरे मन में
कभी तो विद्युत कौंधे!
बड़ा महँगा हो गया है
रोशनी का मोल ;
अदा कर रहा हर आदमी
एकमात्र कृपण महाजन का
मसख़रा रोल!

कभी तो हम
तिलांजलि दें
अपने बौनेपन को
अपने ओछेपन को,
और अनुभव करें
शिखर पर पहुँचने का उल्लास।
कभी तो हो हमें
भले ही

चंद लमहों के लिए,
ऊँचे होने का अहसास।

चरम-बिन्दु

एक लमहा
फ़र्क है -
होने, न होने में।
बहुत सूक्ष्म सीमा है अस्तित्व
और अनस्तित्व के मध्य,
फ़र्क है सिर्फ़ रेखा भर
हँसने और रोने में।

बहुत सूक्ष्म अन्तर है
अभिव्यक्ति में
अन्तःकरण की
सम्भव नहीं है
खींचना सरहद
जनम की, मरण की।

स्थितियाँ -
समतुल्य हैं लगभग
युग-युग सँजोयी साध
कब किस क्षण अचानक
मूर्त हो जाए; अमूर्त हो जाए;
एक पल झपकी बहुत है
पाने और खोने में।
एक लमहा
फ़र्क है -
होने; न होने में !

मालिनी गौतम

मोबाइल - 09427078711
ईमेल - malini.gautam@yahoo.in
पुस्तकें - दो कविता संग्रह, एक नवगीत संग्रह तथा एक ग़ज़ल संग्रह सहित तीन अन्य पुस्तकें प्रकाशित।
पता - 574, मंगल ज्योत सोसाइटी,
संतरामपुर- 389260 जिला- महीसागर, गुजरात

छोटी जगहों के लोग

छोटी जगहों पर
लोग अब भी एक दूसरे को
आँखों से पहचानते हैं,
चेहरे, कपड़े, गाड़ियों के मॉडल नम्बर
अब भी यहाँ मायने नहीं रखते।
कभी तेज़ धूप तो कभी धूल से
बचने के लिए
चेहरे पर लपेटे हुए दुपट्टे के बावजूद
मैं चाहकर भी भीड़ में
अजनबी नहीं हो पाती,
एक्टिवा चलाते हुए संतरामपुर के
किसी भी गली-मोहल्ले में पहुँच जाओ
अरबवाड़ा...भोईवाड़ा....ब्राह्मणवाड़ा
नवा बाजार...मोटा बाजार ...या फिर वणकर वास
हर जगह घरों के बाहर खड़े, आते-जाते
दो-चार विद्यार्थी
चिर-परिचित मुस्कराहट के साथ
नमस्ते करते नजर आएँगे
यहाँ तक कि उनकी अनुपस्थिति में
उनके माता-पिता भी
'आइये न'......की गुहार लगायेंगे

बैंक में...पोस्ट-ऑफिस में..दवाखाने में
किराने की दूकान पर
मेडिकल स्टोर पर
फल और सब्जी वालों के यहाँ
कोई भी इंतज़ार नहीं करता
दुपट्टे के नीचे छिपे चेहरे को देखने का..
भरे बाजार अगर ठप्प हो गयी एक्टिवा
तो आस-पास से दस लोग
उसी परिचित अंदाज़ से पहुँच जाएँगे
किक लगाने को,
और कुछ नहीं तो
किसी गली में छोटे-छोटे बच्चे चिल्ला देंगे
व्यापक की मम्मी.......
इन दिनों
जब आदमी की पहचान
उसका चेहरा..कपड़े..और गाड़ी के मॉडल नम्बर
बनते जा रहे हैं
सुकून है कि छोटी जगहों में
लोग अब भी एक दूसरे को
आँखों से पहचानते हैं।

प्रेम प्रतीक्षा और नमक

नदी की पतली धार-सी
क्षीण होती लड़की
अपलक ताकती है
अपने शब्दों का किनारों पर
रेत की तरह
भरभरा कर ढहना..
भाषा का अर्थ को विसर्जित कर
गहरे-गहरे डूब जाना,

छाती में दबाये हुए
प्रतीक्षा के नन्हें बीजों का
अनायास ही वीरान, विशाल टापू में
परिवर्तित होना,
दो साँसों का लहरों पर साथ चलते-चलते
लय से विलम्बित होना
और धप्प से
मौन के महीन जाल का
मन पर आच्छादित होना
बावरी लड़की इन दिनों
उगाती है नमक के फूल
प्रतीक्षा के निर्जीव टापू पर,
विस्मृति की बूठी कैंची से
काटती है मौन के बारीक रेशे,
और सहेजती है
भाषा के भग्न अवशेष
ताकि एक दिन समुद्र से मिलने पर
सुना सके उसे
अपने प्रेम, प्रतीक्षा और मीठे से खारी होने की कथा।

एक सोता मीठे पानी का

अपने घर-आँगन के बाहर
किसी आधे फूटे मटके में,
पुरानी तगारी में
या सीमेंट की नाँद में
सुबह-शाम
भरकर रखना शीतल जल
कि चिलचिलाती धूप में
हैरान-परेशान, राह भटकते
गाय-भैंस, कुत्ता-बिल्ली, मुर्गी-बकरी
पी सकें मुँह भर पानी,

छत की मुँडेर पर
घर के वराण्डे में
बगीचे में छायादार जगहों पर
सुबह-शाम रखना
पानी भरे मिट्टी के सकोरे
कि चिड़िया-कौआ, कोयल-बुलबुल
पी सकें चोंच भर पानी...
मन को जलाते, चोट पहुँचाते
इन कठिन और दग्ध दिनों में
चाहे जितना भी हो
लहूलुहान हृदय तुम्हारा
अन्तर्मन की गीली कन्दराओं से
खोद निकालना
एक सोता मीठे पानी का
और बाँटना
आँख भर करुणा
अँजुरी भर ममता
निरीह और ख़ामोश जुबानों को..
कि धूप-अगन, जलन और थकन में
वे होते हैं
तुम्हारे बराबर के साथी
वाचाल भाषा में
मौन को समझने की
इतनी लियाकत तो होनी ही चाहिए

डॉ0 मीनाक्षी जयप्रकाश सिंह

मोबाइल - 9903248480
ईमेल - minihope123@gmail.com
पुस्तकें - विभिन्न विधाओं में चार किताबों का प्रकाशन।
पता - डी-286 ट्रेंचिंग ग्राउंड रोड,
गार्डेनरिच, कोलकाता- 700024

उदासी

आज मैं बहुत उदास हूँ
और बहुत खुश भी
क्योंकि ज्यों-ज्यों उदासी बढ़ती जाती है
त्यों-त्यों महसूस होता है कि
अब तो जरूर कविता या कहानी बनेगी मुझसे
एक या दो या तीन

पर क्यों हर उदासी इतनी सार्थक और
मुकद्दस हो सकती है
कि हर बार वह एक कविता
बन ही जाए
नहीं, कई बार तो उदासी मात्र मन का एक धोखा होती है
और कई बार
मन को तसल्ली देने का एक भ्रम
कई बार तो बस मन यूँ ही उदासी का भ्रम पाल लेता है
शायद सहानुभूति बटोरने के लिए
पर ये सच है कि
हर उदासी सार्थक नहीं होती

और इसी तरह
हर उदासी कविता नहीं बन सकती।

दुःख

तुम आज मेरे साथ नहीं हो
तो मुझे बुरा लगता है-
इस बात का
कि तुम्हारा साथ न होना
आखिर,
मुझे बुरा क्यों लगता है
तुम मेरे साथ नहीं आए थे
कि मैं तुम पर हक जताऊँ
तुम मेरा हासिल भी नहीं कि
तुम्हें अपने पास ही पाऊँ

तुम वह थे जिसे मैंने
उन दिनों पाया था
जब वे मेरे दुःख के दिन थे
आज वे दुःख नहीं हैं
और शायद इसलिए तुम भी नहीं हो मेरे पास
पर मुझे बुरा क्यों लगता है
आज सब कुछ ठीक है
अब फिर भी वे दुःख ही ज्यादा प्यारे लगते हैं
ज्यादा याद भी आते हैं
सारी दुनिया जिस सुख के पीछे
हाय-हाय करके भाग रही है
वह सब पाकर भी
मुझे लगता है
कि दुःख ज्यादा अच्छा था
क्योंकि दुःख हमेशा कुछ देकर ही जाता है
क्योंकि दुःख हमेशा तुमसे मिलाता है

क्यों माँ?

क्या चाहती हो माँ कि
मैं बेसन में लिपट-रपट कर
बनती रहूँ पकौड़ा और
कि लोग मुझे खाते रहें
और लगाते रहें चटखारें।

क्या मैं खुद को नर्म गुदगुदा
बिस्तर बनाकर बिछाती रहूँ
कि लोग आएँ-मुझपर लेटें-सोएँ
और फिर सिलवटों के साथ
मुझे अकेला छोड़
चुपचाप चले जाएँ।

क्यों देती हो मुझे आजादी
सिर्फ पतंग जितनी-कि
उड़ूँ और ज्यों ही और और उड़ना चाहूँ
कट कर गिर जाऊँ
फड़फड़ाऊँ
और
किसी के भी हाथ लग जाऊँ

माँ
तुम्हीं ने तो मुझे बोया था
और मुझमें बोया था वह बीज
कि अब धीरे-धीरे उड़ने लगी थी मैं
आसमान की तरफ बढ़ते-बढ़ते
कोशिश कर रही थी
सूरज को छूने की
सतरंगी बन जाने की

आज तुम्हीं चाहती हो कि

मैं जम जाऊँ दही की तरह
किसी के चौखटे में
एक कटोरे चीनी-दाल या नमक के बदले
मैं पड़ोसियों की नज़रों के फ्रेम में
जड़ जाने दूँ खुद को

माँ तुम्हीं ने तो जमाया था
जमा-जमाकर बनाया था दही
धीरे-धीरे-धीरे
आज तुम्हीं इस दही को
मथकर-तोड़कर-घोटकर
चाहती हो कि
मेरा 'घी' निकाल लो।

मीनू विश्वास

मोबाइल - 00971503431899
ईमेल - minubiswas@gmail.com
पता - प.ओ. बॉक्स 17768, दुबई, यूएई

रंगों की राजनीति

सुनो,
क्या तुम हवाओं में घुले इन रंगों को देख सकते हो
देखो कितने खूबसूरत हैं ये
तुमने जो तस्वीर पहले बनाई थी
अब तो वो धुँधली हो चली
हवाओं से कहो 'फिर से इनमें भर दे रंग'

पर देखो ना
इन रंगों का तो बँटवारा हो चला है
कुछ लोगों ने अपने चेहरे हरे कर लिए हैं
और कुछ ने लाल
ये रंग आपस में घुलना भी नहीं चाहते
क्योंकि इनकी सोच, दिल और दिमाग सब काले जो हो चले हैं
फैली है हर तरफ रंगों की राजनीति

पहाड़ों ने मौन गान गुनगुनाना भी बंद कर दिया है
इनकी ये चुप्पी निगल रही है विश्व का अस्तित्व
धरती के गर्भ में सब धीरे धीरे समाता जा रहा है
आकाश में ब्लैकहोल का दायरा
बड़ा और गहरा होता जा रहा है
फिर चाहो भी तो तुम इस तस्वीर को रंगीन नहीं कर सकते, है न
क्या संभव है फिर आस का डटे रहना?

प्रेम - एक अनोखा शब्द

प्रेम को बुनने की कोशिश में
टूटते तारे से पूछ बैठी
क्या तुमने मेरी इच्छा पूरी की है
एक छोटी सी तमन्ना

जिजीविषा का एक ही बिंदु पे आके थम जाना
बन जाऊँ वो बूँद शबनम की
जिसकी किस्मत में हो सिर्फ मोती बनना

इक ऐसा नायाब मोती जो केवल सफ़ेद न हो
हो वो सतरंगी
जिसके रंगों में हो चमक सूर्य सी
आभा में हो चाँद सी शीतलता
जिसे देख हो जायें सब मंत्रमुग्ध
सम्मोहन सा आकर्षण हो
फैले जिससे चहुँ ओर शांति और प्रेम की किरणें
सीमाओं के परे हो जिसकी चर्चा
आकाश से भव्य हो उसका अस्तित्व

मदहोश करती हरसिंगार के फूलों की सेज हो
चाँद की दहलीज़ पे रोज़ आके देखना
और इंतज़ार करना उस पूनम की रात का
जिसकी चाँदनी में नहाके प्रेम का शबनम बन
सीप में सदा के लिए छिप जाना
फिर गाथा हो शुरू
प्रेम का ओस में भीग
मोती बन जाने की प्रक्रिया

प्रतीक्षा है, फैले इस विशालकाय अंधकार में कभी तो चमकेगा ओस का मोती.

हत्या - जीवन की,
उम्मीदों की, भावनाओं की

अवचेतना में ये कैसी उथल पुथल थी
सब कुछ निरंक सा प्रतीत हो रहा था

रिक्त बेहद रिक्त
ये सड़कें ये गाँव ये शहर और ये समस्त संसार

उद्देश्यहीन दिशायें
मनःस्थिति का कशमकश में उलझे रहना
अवसाद से घिरे रहना

मुस्कराहट को खूँटी पे लटका देना
और स्वयं की घेराबंदी कर लेना
तड़पना कराहना और व्यवस्था को दोष देना

अपनी स्थिति पे लोहे के किले बना
नाकाबंदी कर लेना

सोच के दायरे का संकुचित हो जाना
सिर्फ और सिर्फ शून्य का प्रतीत होना
दुःखद
ये शून्य ही तो था जो उसे निगल गया

(उन सभी युवाओं के लिए जिन्हें आत्महत्या एक विकल्प लगता है, और जो छोड़ जाते हैं पीछे दर्द में कराहती आहें)

बंधन मुक्त

प्यार में वक़्त की सीमा नहीं होती
जबकि तुम मुझे बाँध लेना चाहते हो
कि मैं बस घूमती रहूँ तुम्हारी ही धुरी पे
जानती हूँ मैं तुम्हारी धरती हूँ

पर मैं तो फैलना चाहती हूँ
बिना किसी सीमा के
तुम्हारे इर्द-गिर्द हवा की तरह
और साँस बन उतर जाना चाहती हूँ

मैं बन जाना चाहती हूँ तुम्हारी गीतांजलि
जिसे तुम लिखो कई कई पन्नों तक

मैं बन जाना चाहती हूँ परमाणु कण
जो व्याप्त है सृष्टि के कोने कोने में

मैं बन जाना चाहती हूँ तुम्हारी धूप
जिसकी किरणें तुम्हें ऊर्जा से भर दें

मैं बन जाना चाहती हूँ तुम्हारा सावन
जिसकी बूँदों में सोंधी सी खुशबू हो

मैं बन जाना चाहती हूँ तुम्हारी आज़ादी
बंधन मुक्त!

रक्षा दुबे चौबे

मोबाइल - 9479845151
ईमेल - rakhsha2211@gmail.com
पता - एफ-8/2, चार इमली, भोपाल

लता

लता ऊपर उठी,
एक गहरी जड़ों वाले,
मज़बूत पेड़ के सहारे।
खूब खिली,
खूब महकी,
खूब लहकी,
फिर एक दिन
औंधे मुँह
ज़मीन पर गिर पड़ी।
क्योंकि
पेड़ की मजबूती
अब किसी और लता के लिए थी।

लता खुद क्यों नहीं हो जाती पेड़?

सियाही

कागज़ पर कविता बनकर सो रहे हैं कुछ सपने।
रात की सियाही बिखर गई है,
आँखों के नीचे।
बालों में छिटक गई है चाँदनी।

ढलते दिनों के साथ,
उदासी बाल खोले
गुज़ारती है,
बाकी बची उम्र।
देह के पिंजरे में फड़फड़ाता है कुछ,
रेगिस्तान में उठते रेत के बगूले सा।
कमर के इर्द गिर्द के वलय
स्थायी पहचान हैं अब।
उम्र छोड़ती जा रही है चेहरे पर
दिन ब दिन,
निशान दर निशान।
अभिव्यक्ति चाहती है
मेरी सहमी सी कविता
बही थी जो आँखों से
और ठहर भी गई थी वहीं।
समय सरकता है,
मुट्ठी में बंद रेत सा।
खोया हुआ सा है कुछ
जो कभी पाया ही नहीं गया।

बहुसंख्यक औरतें

वे संख्या में बहुत हैं,
मोटी, काली, नाटी
सौंदर्य के स्थापित प्रतिमानों से
बिल्कुल उलट।
चमकदार त्वचा,
कजरारी आँखें,
पतली कमर,
रेशमी बाल,
कुछ भी तो नहीं उनके पास।
टीवी, सिनेमा की

चमकदार स्क्रीन और
सौंदर्य प्रतियोगिताओं की
खूबसूरत और तराशे हुए जिस्म की
औरतों से एकदम भिन्न।
वे नही आतीं
किसी पुरुष के सपने में
किसी की उत्तेजना का कारण भी नहीं वे।
यहाँ तक कि उनके
नितांत अंतरंग क्षणों में
उनके ही पुरुष की आँखों में
झिलमिलाता है
दूसरी औरतों का तराशा हुआ जिस्म।
उनसे मिटाई जा सकती है
केवल भूख।
फिर भी सुबह हँस-हँसकर
दोहरी होती
आँखों के तिरछे इशारे से बताती हैं वे,
कि कैसे -कैसे और क्या- क्या,
घटा उनके साथ
पिछली रात।
ऐसे ही क्षणों की दुर्घटनाओं से वे
जनती हैं बच्चे।
अपने बेडौल शरीर और
खुरदुरे हाथों से,
पालती हैं उन्हें,
हाड़ तोड़ मेहनत कर,
कमाती हैं अपने परिवार का सुख।
सँजोती हैं सपने।
उद्विग्न मन,
पथरीले चेहरे और
चुकती जा रही तरलता के साथ,
हर दिन,
और बदसूरत होती
ये बहुसंख्यक औरतें

टेरिलीन की साड़ियों में लिपट
न जाने कौन सी ख्वाहिश के तहत
रँगती हैं अपने
गन्दे नाखून, होंठ और बाल।

ऐसा क्यों

ऐसा करना ज़रूरी है,
लड़कियों के लिए।
ऐसा करने वाली लड़कियाँ
कहलातीं हैं सभ्य।
सभी लड़कियों को
ऐसा ही करना चाहिए।

ऐसा करने के लिए,
किसने और क्यों कहा होगा?
कहाँ पर लिखीं हैं
ऐसी-वैसी सारी बातें?
यह सोचने या जानने की
ज़रूरत ही नहीं किसी को।
पर ऐसा ही करना चाहिए
ये जानती हैं कमोबेश सारी लड़कियाँ।

रचना दीक्षित

मोबाइल - 9818494717
ईमेल - rachanadixit@gmail.com
पता - 125, भूतल, मधुबन सोसाइटी,
प्रीत विहार, दिल्ली 110092

अंत

पहले से ही हताश
हवा के चेहरे पर
उड़ने लगी हैं हवाइयाँ।
जीवन के अंत का आभास
जो दिला रहे हैं उसके
अनवरत बढ़ते नाखून
बचपन में सुना करती थी
चूहों के लगातार बढ़ते दाँत
उससे निजात पाने को।
अपना जीवन बचाने
और बढ़ाने को
सतत कुछ न कुछ
या सब कुछ
कुतरने की मज़बूरी।
पर ये हवा
चूहों की तरह
नहीं कुतरती कुछ भी
न ही खरोंचती है
कुछ भी कहीं भी
अपने नाखूनों से
ये डालती है खराशें बस
पेड़, पौधों, टहनियों

और डालियों पर.
कभी मीलों चलने पर
मिल जाते हैं
इक्के दुक्के दरख्त।
जगती है खराश डालने
और जीने की कुछ आशा
अचानक पड़ जाता है
उसका चेहरा पीला.
कहीं आगे निरा रेगिस्तान
तो नहीं देखा है उसने।

विषय

बचपन में सोचा करती थी पढ़ते समय
क्यों होते हैं इतने विषय
भाषा, गणित, विज्ञान, समाजशास्त्र...
मात्र एक जीवन ही तो जीना है
क्या करूँगी ये सब सीखकर
फिर न जाने कब कैसे
भर आया जीवन में
काव्य, रस, अलंकार, छंद
जी भरकर जिया मैंने उनको
धीरे धीरे गणित ने अपने पाँव जमाए
फिर क्या था
बस जोड़ती घटाती रही
खोया और पाया
मजबूत होता रहा तर्कशास्त्र
अक्सर जब देखो
घर में
कहीं सुसज्जित, कहीं बेतरतीब
रखा, पड़ा, पसरा हुआ कुछ न कुछ
कभी हनन, कभी खनन,

कभी संरक्षण, सौंदर्य
याद कराता भूगोल
घूमकर पीछे देखती हूँ तो
एक लंबा इतिहास
कितना इतिहास बाकी है नहीं जानती
पर जान गयी हूँ
जो न पढ़े होते ये विषय
तो कैसे जान पाती
विषयों पर जीवन की पकड़
जीवन पर विषयों की पकड़
और एक सुखद जीवन के लिये
दोनों का साथ।

वजूद

कल उतारी थी
गठरी ताक से।
झोंके थे उसमें से कुछ
तुड़े-मुड़े, गीले-सीले
अपने वजूद को तलाशते।
कुछ वर्ण, अक्षर और शब्द
समय के साथ खो चुके
अपनी गरिमा, अपना अर्थ,
रंग रूप यौवन नैन नक्श
अपना होना न होना
नहीं था वहाँ
कोई चिन्ह
अपने होने का
अहसास दिलाने की जद्दोजहद
वाद विवाद, संवाद, परिसंवाद,
कोई बहस, कोई होड़,
था तो

तुम्हारी ही तरह
मेरी उँगलियों की पोरों की,
छुवन को तरसता।
मेरी पुस्तक के,
पहले पन्ने से,
आखिरी पन्ने तक
आराम फरमाता मौन।

राकेश रौशन

मोबाइल - 09504094811
ईमेल - rakeshraushanmehdawan@gmail.com
पता - मनेर (बलवन टोला) मनेर पोस्ट ऑफिस,
पटना (बिहार) 801108

इंसानियत नहीं मरती

जब-जब देखता हूँ एक इंसान को
हमें कोई भेद नजर नहीं आता
दो पैर, दो हाथ
कितना अजीब है न यह संयोग
भाषा, रहन-सहन, धरती बदलती गई
अपनी सहूलियत के अनुसार।
जब हम जीव धरती पर आए
इंसान के रुप में
हमने धरती बाँट ली
हमने जानवर बाँट ली
इंसानियत का काला अध्याय
ईश्वर, अल्लाह, गॉड बाँट ली
काश...हम वहीं से बँट कर आते
हिंदू के सर पर ॐ का चिन्ह
मुसलमानों पर चाँद तारा
ईसाइयों के माथे पर क्रॉस का चिन्ह
तो सिक्खों के माथे पर गुरु चिन्ह
अगर यह सब पहले तय होता
तो धर्म परिवर्तन या भगवान,
अल्लाह, गॉड, गुरु के नाम पर
इंसानियत नहीं मरती।

खामोशी

आज नदी डूब गई
अपने ही जल में
रेंगते सीप भी आज बाहर ही हैं
कठोर पट्टी पर उदासी दिखती नहीं।
चाँदनी रातो में
मछुआरो का हलचल
नाव भी बहे जा रही
धारा के अनुकूल
नाविक भी लुढ़क गया है एक तरफ।
उस पार किनारे पर जलती
लालटेन की लौ
मध्यम-मध्यम
अंधकार ही अंधकार
चाँद भी ओढ़ लिया
बादलों का ओढ़ना
निशा के पाँव दूर-दूर तक फैली है
भूल गया है सूरज भी
भोर का दस्तक।

रेडलाइट की औरत

दिल्ली, मुंबई, कलकत्ता जैसे बड़े शहरों के
रेडलाइट एरिया से गुजरने वाले मर्दों को
अक्सर उधर से न जाने की हिदायत दी जाती है
बदनाम औरतें इशारा कर बुलाती हैं
हवस की आग बुझाने के लिए
सच नहीं है यह
उसे तो पेट की आग लगी है
हेय दृष्टि से देखे जाने वाली बदनाम
औरतें भी कभी

किसी माँ की कोख से जन्म ली होगीं
चाहे उसकी माँ रेडलाइट एरिया में
पहले से ही धंधे वाली हो
आखिर कोख तो कोख ही होगी
चाहे, सात दरवाजे में रह रही औरत की हो
या रेडलाइट वाली औरत की
तुम्हें अगर उसके खून पर भी शक हो
तो धमनियों में दौड़ने वाली रक्त का
डी.एन.ए. करा लो
किसी रईस का ही निकलेगा।

डर सा लगता है हर दिन

थैला पीठ से उतार दो
तोड़ दो पेंसिलें
धूमिल कर दो जूते की चमक
सिलवटें उभार दो ड्रेस पर
डर सा लगता है हर दिन
गलियों से गुजरते
बस पर चढ़ते
स्कूल में क्लास में
एक अनहोनी का
हर दिन शिकार होती निर्भया
हर मोड़ पर अस्मिता लुटाती दामिनी
कोई जगह नहीं है सुरक्षित
जहाँ स्वछंद हो
उन्मुक्त गगन में
उड़ सके लड़कियाँ
बिना किसी भय के।

जहाँ आशाएँ हैं बिकती

कभी किसी ने पूछा है एक थके पथिक से
मायूस क्यों बैठा है
थका वृक्ष के नीचे
अधखुली आँखों में
वर्षों की नींद समेटकर।
गुदरी से बने
थैले को टटोला है कोई कभी
उसमें है आशाओं का अंबार
वह घर-घर घूमकर
आशा बेचता है प्रतिदिन
और अपने पत्नी बच्चे के लिए भी
बटोर सहेज लेता है थैले में।
हताश, शिकन भरे
चेहरे को बारीकी से पढ़ा है कोई कभी
शाम को चूल्हे की आग की फिक्र
स्कूल से बच्चे को निकाले जाने का डर
कितना भयभीत है वह
अपने अंदर के भय से
कितना फिजूलखर्ची करते हो
तुम बनावटी चकाचौंध पर
कभी इधर भी देख लेना
जहाँ आशाएँ बिकती हैं
हमारी तुम्हारी।

राजकिशोर राजन

मोबाइल -7250042924
ईमेल - rajan.rajkishor56@gmail.com
पुस्तकें - चार कविता संग्रह प्रकाशित
पता - 59 एल.आई.सी.कॉलोनी, कंकड़बाग,
लोहियानगर, पटना 800020

वसंत

1

हा! वसंत!
हो !वसंत!
जो वसंत!
तुम कहाँ, किस अरण्य में
गये खो वसंत।

2

अपने समय के विचारकों
चिंतकों, खबरनवीसों, सभी से पूछा
कोई बतायेगा मुझे
वसंत का पता
पर किसी ने कुछ बताया नहीं
एक कवयित्री ने तो
तंज भी कसा
इस आदमी की नीयत ठीक नहीं
सुन रहे हो वसंत!

3

संसार से थक-हार कर
कहीं, वीतरागी तो नहीं हो गये वसंत!
इतना भी नहीं सोचे

तुम नहीं रहे तो
क्यों योग साधेंगे योगी
मोह-माया, तजेंगे साधु
कंठी-माला, धारण करेंगे संत
जान-बूझ, सब कुछ
न बनो, अबोध वसंत!

4

भैंस की पीठ पर बैठे
चरवाहों के साथ
कभी धान रोपती किशोरियों
कभी आसन्नप्रसवा औरतों के साथ
तुम्हें देखा है, कई-कई बार
और जो तुम्हें ढूँढ़ता आजीवन
उसे नहीं मिलते तुम कभी
बोरिया-बिस्तर समेट
जाते कहीं भाग
हद करते हो वसंत!

5

कभी पाहुन ही बन आते
दही-चिउड़ा के साथ तुम्हें
सुकुल आम का अचार खिलाते
एकरस हो रही
मेरी कविताओं में
तुम कुछ रंग
मिला जाते
इस जीवन में, एक बार
हम तुम बतियाते
आखिर में यही
कि थोड़ा लिखना
ज्यादा समझना वसंत!

जब ख्वाहिशें मिलती हैं

हम जब भी मिले
दुख, अफसोस और नाउम्मीदी की बारिश में
छाता बन गये

हम हमेशा
शिकवा-शिकायतों का पुलिंदा लिये रहे
पर जब-तब उन्हें हवा में
चिन्दी-चिन्दी कर उड़ाया भी
एक-दूसरे की बातें, कविताएँ सुनीं
और अपनी तमाम कमजोरियों के बावजूद
दोपहर की धूप में
पेड़-सा तन गये

हम जब भी मिले
दुनिया के मेहनतकशों को
अपनी शुभकामनाएँ दीं
चे-ग्वारा जिन्दाबाद कहा
और जब हमें लगा
हम हो रहे हैं उदास
हमने सड़क पर
एक से बढ़कर एक बचपना किया
फिकरे कसे, तंज किया
मजेदार गालियाँ दीं, खड़े-खड़े चाय पी
और औसत आदमी से भी
दो कदम पीछे हो गये

हमारी ख्वाहिशें लगभग एक थीं
हमारे आगे पूरी दुनिया रहे
कि हम उसे देख सकें, पढ़ सकें
और लिख सकें कविता
अपने को जिन्दा रखने के लिए।

दूब, गुलाब, तितली और मैं

दूब को देखा मैंने गौर से
और हथेलियों से सहलाता रहा
दूब तो दूब ठहरा
लगा था पृथ्वी को हरा करने में निःशब्द

सुबह का खिला गुलाब था
उसकी रंगत, कँटीली काया और सब्ज पत्तों को देखा
बाँट रहा था पृथ्वी को सुगंध निःशब्द

मैंने एक तितली का पीछा किया
वह फूलों से अलग बैठी थी घास पर
वह भी मना रही थी उत्सव रंगपर्व का निःशब्द
दूब, गुलाब, तितली सभी निःशब्द
पृथ्वी को समर्पित

मेरे पास सिर्फ शब्द थे और भाव
जिनसे लिखी जा सकती थीं कुछ कविताएँ
उस दिन मुझे भरोसा हुआ
दूब, गुलाब, तितली की तरह
मेरे पास भी कुछ है, देने के लिए पृथ्वी को
और उनकी तरह
मेरी भी जगह है पृथ्वी पर।

राजकुमार जैन राजन

मोबाइल - 09828219919
ईमेल - licrajan2003@gmail.com
पुस्तकें - विभिन्न विधाओं में एक दर्जन से अधिक पुस्तकें
पता - चित्रा प्रकाशन, अकोला-312205
(चित्तौड़गढ़), राजस्थान

नहीं देखा समुद्र

नहीं देखा मैंने समुद्र
लेकिन महसूस करता हूँ
उसकी गर्जन अपने भीतर
छूता है जब कोई मोती
मेरे मन के चेहरे को
लहरें उठाकर फेंक देती हैं
कुछ अस्फुट फेनिल झाग
सीपियाँ खुलकर बिखर जाती हैं
और सारे संदर्भ
मुझे अर्थ पूर्ण उपलब्धियों के साथ
जोड़ जाते हैं

कैसा लगता है
तूफान के बाद खामोश समुद्र
जो आत्मा पहले निःस्वर बोल चुकी है
हमारी हथेलियों में
कर्म की निश्चित संभावनाएँ
उसकी पूर्ति हमारी आवश्यकता को
प्रमाणित करती है
नहीं देखा समुद्र कभी
फिर भी महसूस करता हूँ
उसे अपने भीतर बजता हुआ।

हारा भी नहीं हूँ मैं

मंज़िल की तलाश में
अनगिनत बार मैंने
रुक-रुककर
चलना शुरू किया

ढेरों आकांक्षाएँ लिए
स्वप्निल महल बनाकर
अपने इकलौते दर्द के साथ
लड़ना शुरू कर दिया

सधी आकांक्षाओं से
महत्त्वाकांक्षाओं का सफर
कँटीला भी हो चला है
फिर भी मोड़ दिया है राहों को
अपने ही कदमों के निशान से

ढूँढ़ेगा कोई मुझे
तो बस इन्हीं पहचानों से
इसी तरह आत्म-विश्वास की
सख्त ज़मीन
मेरे पैरों के नीचे आती रही

जीवन के यथार्थ में
आँखों की नम जमीन पर
निगाहों में रोपे गए कैक्टस को
रौंद कर
संघर्ष करते
चलता रहा, बढ़ता रहा
वर्जनाओं की देहरी लाँघ
जीत नहीं पाया तो क्या
हारा भी नहीं हूँ मैं।

समुद्र बनने तक

ऐसा क्यों होता है
बार-बार
कि कोलाहल
हर बार छिटका देता है मुझे

और मैं
रद्दी हुई किताबों की तरह
पड़ा हूँ एक कोने में
बेतरतीब-सा
जिसे कोई छूना भी नहीं चाहता

यह और बात है कि
रोज संध्या ढलते ही
चन्द्र किरणें
बुनने लगती हैं मेरे लिए
एक स्वप्न

लेकिन अपने वजूद को सँभालते
यह बुनावट
थोड़ी देर बाद
आत्मीयता के इंतजार में
संस्कृति का पाठ पढ़ाती
खुलने लगती है
और मैं
अपनी किस्मत में लिखी
लाचारी से सहम जाता हूँ

तब अनायास मुझमें
फूटने लगता है एक झरना
अवतरित होने लगता है गीत
स्वतः बन जाती है राह

खुलने लगते हैं तटबंध
नदी से समुद्र बनने तक।

वसंत जरूर आता है

तुम्हारे विश्वास को लेकर
मैंने इतना लंबा सफर तय किया
मौसम के द्वार खड़े होकर
तुम्हारी प्रतीक्षा की

अपने आप से अजनबी बन
स्वयं को खोजता हुआ
अपने अस्तित्व की तलाश में
खण्ड-खण्ड होती
संस्कृति की चीत्कार को सहता रहा

उड़ता रहा अंतहीन आकाश में
विश्वास की बाँहें फैलाये
अजीब-सी खामोशी और
सन्नाटे को चीरते हुए
मन में उठते तूफान में
लहर-सा उतर गया हूँ
ठण्ढी हवा कितनी निर्मम हो गई

इन रास्तों से गुजरते हुए
भविष्य की एक मजबूत इमारत की
तलाश पूरी होगी

आँखों में अंकुरित हुए स्वप्नों को
सींचने दो मुझे
तुम्हीं ने तो कहा था
वसंत जरूर आता है एक दिन।

रेणु मिश्रा

मोबाइल - 9598604368
ईमेल - tjarticle@gmail.com
पता - ड्रीम वर्ल्ड रेजिडेंसी, विनय नगर,
रामघाट रोड, अलीगढ़ - 202002 (उप्र)

रफ़ू

कितने भी महीन प्रेम के धागों से
रिश्तों में नज़र आते सुराखों का
बारीकी से रफ़ू किया जाए
दिखाई भले ही न दें
मगर पैबंद महसूस तो होते ही हैं!
ये हुनर पैरहन के लिए माक़ूल है
रिश्तों के लिए नहीं!!

अवसाद

मन ख़यालों के बाढ़ से विचलित है
और आत्मा,
आत्मा सूने मरुस्थल में
शब्दों की राह निहारती है
मिले तो कुछ कहे
बात माने तो कुछ लिखें
लेकिन शब्द...
शब्द तो अभी अवसाद में हैं
उनके पास कुछ नहीं है
अभी कहने के लिए!

नन्हा जंगली फूल

मैं रोपती हूँ खुद को
सपनों की गीली मिट्टी में
सींचती हूँ उम्मीदों के एक कतरे बारिश
और विश्वास की एक मुट्ठी धूप से
ठीक उसी तरह
जिस तरह कँटीली झाड़ियों
और विशाल पेड़ों की छाया के बीच
अपना अस्तित्व तलाशने
उग आया हो
अलबेला, धुन का पक्का
नन्हा जंगली फूल!

सूरज के अँधेरे

जो चेहरा रौशनी से सराबोर
चमकता हुआ दीखता है
सूरज - सा
उसकी लोकप्रियता
और हासिल उपलब्धियों के
आकर्षण में
खिंची चली आती है भीड़
लेकिन वो भीड़
कहाँ अंदाज़ा लगा पाती है
कि उसके अंतर में छुपा हुआ है
एक दहकता, धधकता मन
जो दुनियावी चमक से दूर
अपनी ही राख में
सुलगता है रोज़
छीजता है रेज़ा-रेज़ा
अपनी आत्मा से संघर्ष में

अंतःकरण के घावों को भर नहीं पाता
जिसके हृदय के कण-कण
क्षत-विक्षत हो
नसों में तारों की तरह टूटते हैं
वो सूरज अपने अँधेरों का
अकेला गवाह होता है!!

आत्मा की चाह

एक दिन यूँ ही
मन ललचा उठा आवारा हो जाने को
न बनना चाहे कोई दरवेश फ़कीर
न कोई संत पंथ साधु संन्यासी
बस ज़िद पे अड़ा
कि घूमे फक्कड़ सा
तैरे नदिया नदिया
फिरे सहरा सहरा
लाँघ आये प्रेम की तरह
जीवन की हर सीमा-रेखा
बेरोक-टोक बिना किसी बंधन
जीने की ख्वाहिश करना
ये और कुछ नहीं केवल
मन के जरिये
आत्मा की चाह पूरना है!!

कहाँ भागना चाहिए?

यदि खुद से भागना हो तो
कहाँ भागना चाहिए
कदम-कदम पीछे

कि शॉवर के नीचे
डायरी के पन्नों में
या उदासी के लमहों में ?

ज़िन्दगी वन-वे है
भविष्य में दौड़ नहीं सकते
अतीत में लौट नहीं सकते
वर्तमान में दम घुटता है
शॉवर के नीचे
बारिश याद आती है
हम बाइक पर भीगते नज़र आते हैं
अब पलकों में भीजते हैं
नज़र कहीं नहीं आते

डायरी के पन्नों में
यहाँ-वहाँ की बातें बहुत हैं
तुम से मिल जाने की गुंजाइशें बहुत हैं
खुद में खो जाने के चांसेज़ बहुत हैं
दो लफ़्ज़ों के बीच स्पेस नहीं है

उदासी के लमहों में
दिल की धड़कनें कितना सुस्ताती हैं
बीपी लो हो जाता है,
आला बहरा हो जाता है
पल्स रेट बिना किसी इंटरेस्ट के
नीचे उतरता जाता है
घबराहट इतनी कि बोलना मुश्किल
इसलिए बोलो तो
यदि खुद से भागना हो तो
कहाँ भागना चाहिए ?

लक्ष्मी यादव

मोबाइल - 9711852463
पता - ई-54 गणेश नगर, पांडव नगर, दिल्ली- 92

हैदर

मेरे घर से थोड़ा सा दूर है
सड़क का वो तिराहा जहाँ
हैदर मोची की दुकान है
वही हैदर मोची जिसने
मेरी स्ट्रगल के दिनों में कभी सिले
मेरे दर्जनों बार फटे जूते कभी
बैग कभी सैंडल
बड़ी तेज़ धार है उसके हाथों में
काले चमड़े को भी हीरे सा चमका देता है
कहीं का कोई भी फटा जूता सिलता है
ऐसे जैसे अपने घर की टूटी छत बना रहा हो
न जाने कहाँ कहाँ की मिट्टी मैला
सब अपनी गाँठें पड़ी हथेलियों पर छुड़ा लेता है
एक मँझे हुए चित्रकार की तरह
और बदल देता है जूते का रूप उसकी काया
मैंने देखा है उसके हाथों का जादू
हैदर का काम देखकर लोगों के
चेहरे पर उभर आता है सुकूं
नौ से नौ चलती है हैदर की दुकान,
ये सफाई रँगाई पुताई और सिलाई
कई साल बीत गए लेकिन उसका हुनर
और कारीगरी वैसी की वैसी है

मगर कुछ दिनों से हैदर उदास है
कहता है उसके पास आये जूतों में
अब मिट्टी और मैले के साथ लिपटा होता है
खून, फटे जूतों के छेद में लिपटे होते है
हाथों से नोचे गये
बाल, कपड़ों के चीथड़े, पोस्टरों के फटे टुकड़े
बारूद का महीन बुरादा
हुनर का माहिर हैदर छूते ही जूता
पहचान लेता है सब मंज़र
इक्का दुक्का कभी पूछ भी लेता है
जूते के मालिक से
तो बदले में सुन लेता है
कभी झाड़ कभी मनगढ़ंत बातें
कभी अपनी औकात की बातें,
अब तो धार्मिक लाल घेरे में भी
गिना जाता है हैदर
हैदर हर स्वतंत्रता दिवस और
गणतंत्र दिवस पर अपनी दुकान पर
फहराता रहा है 10 फ़ीट ऊँचा झंडा
उसकी देशभक्ति बड़ी मशहूर है तिराहे पर
कहता है मोची न होता तो
सिपाही होता देश के लिए लड़ते हुए
जान दे देता, देश की मिट्टी से बड़ा प्यार है उसे
कभी किसी रोज़ दे गया होगा
कोई सिपाही अपनी फटी पुरानी वर्दी,
तब से उसे ही पहनकर घूमता रहता है
एक दिन उन्ही गंदे जूतों वाला हुज़ूम गुज़रा हैदर की
दुकान के पास से, हुज़ूम देख एक और हुज़ूम गुज़रा
दोनों गुटों के युद्ध में कुछ जाने गयीं कुछ लोग गिरे
कुछ भाग गए कुछ शोर हुआ कुछ शांत हुए
उसी रोज़ सड़क पर बिखरे गंदे जूते
किनारे करता हैदर मर गया भगदड़ में..
आज ही फहराया था उसने झंडा आज ही
पहनी थी धोकर सुखाई फटी वर्दी

और आज ही शहीद हो गया हैदर
मेरे घर से थोड़ा सा दूर है
सड़क का वो तिराहा
जहाँ आज भी है उजड़ी हुई
उसी हैदर की दुकान

ख़ूनी चिनार

चिनार के पत्तों से ओस की जगह खून रिस रहा है
डल झील में नाव पर आदमी नहीं बल्कि
आदमी की लाश पर बह रही है नाव
ऊँची ऊँची पहाड़ियाँ शर्म खा रही हैं
गर्व से तना उनका सीना अब अपनी ही
गहराई में बहुत गहरे गड़ गया है
सेब और अखरोट के फल कसैले हो गए हैं
कोयलों की हलक पर बारूद रखा है
जिसका रिमोट कंट्रोल करता है
घड़ी की तीनों सुइयों को
किताब में अब नहीं छपते अक्षर
डर के पन्नों में स्कूल सो रहा है
नींद सहमी हुई है, बरस बीते उसे
आँखों में सोए हुए
खच्चरों की टापें दूर तक गूँजती हैं
ख़ामोशी के सीने पर दस्तक देती हुई
चिनाब के किनारों पर सड़ी हुई लाश रखी है
गिद्ध भी सहमे हैं, इस जमीन पर नहीं आते
राजू खच्चर वाला रोज़ गिनता था
पत्थर रास्ते के बिखरे हुए
अब तो पत्थरों की सड़कें है
जिन पर से हर रोज़ आना जाना है
पश्मीने के धागे कमज़ोर हो गए हैं
जैसे उसे बुना हो किन्हीं कँपकँपाते हाथों ने

औरतें वहाँ अब पायल या चूड़ियाँ नही पहनती
अब किसी दीवार नहीं टँगे हैंगर में कंगन
मान बैठी हैं डर से पति ज़िंदा होते भी
खुद को विधवा,
अब कोई प्रेम कहानी नहीं है वादियों में
नफ़रतों की आग में प्रेम धुआँ हो गया है
बच्चे खेल नहीं खेलते, देखते हैं खुली आँखों
से मौत का राजनीतिक खेल
बचपन आँसुओं के खारेपन में सुलगकर
जवान हो रहा है
किसान भी वहाँ अब किसान नहीं रहा
उसने बोये थे राजमा और अखरोट के बीज
लेकिन फलों में बन्दूक के छर्रे निकले
खुदाई में निकलीं हड्डियाँ
छर्रों और हड्डियों के मद्देनजर किसान
जेल काट रहा है
किसानी की सजा भुगतता किसान का परिवार
पाँच सौ रुपये सैकड़ा पर पत्थर चला रहा है
पेट की आग जो बुझानी है
खाली बर्तन में चार तिनके डोलते हैं
कृष्ण की पूजा कर, सुदामा की पत्नी
बच्चे सुला रही है और पति की रिहाई
के लिए महकमे के चक्कर लगा रही है
उसके यौवन में गाँठें पड़ गयी हैं पाँव में छाले
फिर भी उसका बदन देख किसी के
मुँह से लार टपक रही है, अभी ही रोया होगा शायद बच्चा
उसका, सो उतर आया दूध छाती में
एक हाथ से आँसू एक से छाती छुपा रही है
लौटते वक़्त घर की ओर, प्यास से घायल
खोजती कोई चश्मा, चिनार से टपके खून से ही
अपनी प्यास बुझा रही है..

डॉ लक्ष्मी कान्त शर्मा

मोबाइल - 09460067530
ईमेल - sharmalaxmikant999@gmail.com
पुस्तकें - विभिन्न विधाओं में आधा दर्जन से अधिक पुस्तकें
पता - 2/575, अरावली विहार, काला कुआँ हाउसिंग बोर्ड, अलवर (राजस्थान) 301001

ऐत्तन्निमित्त

1

उतरती सर्दी की
सूनी सी दुपहरी में
जलबंध किनारे
कीकर की डालियों से
छनकर आती धूप
बरस दर बरस
छीज रही उम्र सी
मद्दम पड़ती रौशनी

2

सम्प्रवर्तित हवाओं में
आक्षेपों के पंख लिए
तैरते हैं संदेह के
सिद्धदोष 'बीज'
कीकर की कोटरों में
छिपी कॉमेडी सा
बोलता है वक़्त

3

छलना के गर्भ में
पाखंड के पार्थ से सुना
अधूरा युद्ध-कौशल
आखिर दंडादिष्ट हुआ
'ऐत्तन्निमित'' चक्रव्यूह में
एक और अभिमन्यु का
अभित्रासित अंत हुआ

4

भग्न किले पास से
शहर से दूर जाती
इस सड़क से
कहते हैं जो गया
फिर नहीं लौटा
जैसे जीवन की
इस आपाधापी में
मेरी कई कवितायें
रूठ कर गईं
तुम्हारी तरह...

मैं बहाना हो जाऊँगा

मैं तो अब
बहाना हो जाऊँगा
पेड़ नदी और चाँदनी के
गीत का
पर लिखती ही रहना
तुम रोज, गीत
मेरी प्रीत का!

तुम लिखना
यादें मेरी
बातें मेरी!
वो दिन
जो मेरे साथ बीते, लिखना
जो छीन ली तुमने
लिखना
वो रातें मेरी!

मैं तो अब
बिराना हो जाऊँगा
बचपन के मीत सा
स्वप्न के संगीत सा
घर के पहले संदूक में
जो रखकर
भूल गयीं तुम
उसी अधलिखे
'प्रणय-गीत' सा

तुम लिखना
तुम्हें छूने से भटकी
मेरी साँसें लिखना
तुम्हारे चेहरे पर अटकी
मेरी आँखें लिखना
खेतों की उन रातों के
जुगनू लिखना
उस अमलतासी दोपहर
तुम्हारे बालों में
खोंस दिए जो मैंने
वो हरियल की पाँखें लिखना!

मैं तो अब
फ़साना हो जाऊँगा
गीत के उन्वान सा

कथा के वितान सा
एक बरसती सी रात में
शरणागत होकर आये
और, भुला दिए गए
किसी मेहमान सा!

तुम लिखना
ख़ामोशी मेरी
बेकसी मेरी

कभी तो मिलेगी
इस अशरीर प्रेम की राह
उस 'अ-प्रेम' से उपजी डाह
आखिरी साँस तक
तुम्हारा होने की चाह
तुम ये चाह लिखना
तुम मेरी आह लिखना
तुम लिखना
बेबसी मेरी!

मैं तो अब
बहाना हो जाऊँगा
पेड़ नदी और चाँदनी के
गीत का!
पर लिखती ही रहना
तुम रोज, गीत
मेरी प्रीत का!!

डॉ0 वंदना ग्रोवर

ईमेल - groverv12@gmail.com
पुस्तकें - मेरे पास पंख नहीं हैं (कविता संग्रह)
पता - 28-A, III-F नेहरू नगर, राकेश मार्ग
गाज़ियाबाद 201001

1.

बहुत प्यार से
प्रेम कविता लिखी थी
मुँह बिचका दिया उन्होंने
प्रेम की इतनी कविता
इतने प्यार से
कैसे लिख सकता है कोई
प्यार ..प्यार ...
इतना प्यार
घिन नहीं आती तुम्हें

सहमा दिया मुझे
बदल दिया विषय मैंने
स्त्री पर कविता लिख डाली
अपार संभावनाएँ थीं विषय में
पारा चढ़ गया उनका
अपने से आगे भी सोचा है कभी

क्या सोचती?
कहीं नहीं थी स्त्री के इंसान होने की खबर
एक खबर गढ़ने की कोशिश की थी मैंने
लिखती न, तो करती क्या?

यक-ब-यक ख्याल आया
क्यों न युद्ध पर एक कविता लिखी जाए
अब लानत मलानत नहीं कर सकेगा कोई
न स्त्री होगी
न प्यार
थोड़ी नफरत लिखनी थी, थोड़ा डर
थोड़ा खून बहाना था
एक बिसात बिछानी थी, कुछ चालें चलनी थीं
जानें लेनी थीं
लूटमार करनी थी
आग लगानी थी
और मैदान छोड़कर भागने वालों की पीठ पर
गोलियाँ दागनी थीं
फिर भी बच जाते तो
क़दमों तले रौंद देना था
और
उनके लहू से तिलक कर
विजय पताका फहराते हुए
घर लौट आना था
फिर एक विजयोत्सव की
तैय्यारी करनी थी ..

बस इतना ही तो करना था
अच्छी कविता बन सकती थी

कि तभी नफरत से बलबलाते
सुलगते अंगारे की मानिंद
आकर बैठ गए कान में
कुछ शब्द ..

दुनिया में हर युद्ध की जड़ .. औरत
नफरत और फसाद की जड़ .. औरत
मौत और अलगाव की जड़ .. औरत
दुनिया से प्यार उठ गया

विश्वास मर गया
फिजाओं में ज़हर
हवाओं में नफरत
इंसान वहशी दरिंदा हो गया
और तुम..
तुम अब भी युद्ध की कविता लिखना चाहती हो?
युद्ध ..युद्ध
चारों तरफ युद्ध ..
घिन नहीं आती तुम्हें?

क्या तुम प्यार की कविता नहीं लिख सकती?
कैसी औरत हो तुम!

2.

बकवास करती थी बहुत
देखा था
हँसती भी बहुत थी
सोशल थी, वर्कर थी,
पॉपुलर थी, सेंसिटिव थी

कुछ गलत फहमियाँ भी थीं उसे
(हो जाती हैं)
इश्क -मुहब्बत में पड़ी नहीं थी
(घनी ज़ालिम थी)
अच्छाइयाँ भी थी उसमें
(कविता नहीं लिखती थी)
मर्दों को लम्पट नहीं समझती थी
(पाला जो नहीं पड़ा था)
गाली-गलौज कर लेती थी
(मौके और दस्तूर के हिसाब से)
हाथापाई भी कर लेती थी

(मन करता तो)
चीखने -चिल्लाने से परहेज़ नहीं करती थी
(यूँ बहुत शर्मीली थी)

ये थी -थी क्या लगा रखा है
मरी नहीं है अभी
मरने की प्रक्रिया में है...

3.

एक कस्बे में जीते हैं कई सपने रोज़
एक राजधानी में मरते हैं कई क़स्बे रोज़
कस्बे के अंदर से गुज़रती है राजधानी जब
हर दिन सवार हो जाते हैं कुछ टुकड़े राजधानी में कस्बे के
राजधानी पकड़ लेती है गिरेबां से
कस्बे की अधूरी इच्छाओं को
जब से घुसी है राजधानी सपनों में
सपने दौड़ने लगे हैं राजधानी की गति से
राजधानी में एक अकेलापन है
एक भीड़ अकेली है राजधानी में
जीने की तमाम कोशिशें
आपको मरने से नहीं रोक पातीं
राजधानी में आप जीते हैं अपनी गति से
राजधानी आपको मारती है अपनी गति से
कस्बे तकते रहते हैं राह
वापसियों की.....

मातमपुर्सियों का सिलसिला जारी है ..

वर्षा सिंह

मोबाइल - 07827930425
ईमेल - varshamiranda@gmail.com
पता - बी 417/58, गली न. 9, लक्ष्मी विहार
(निकट गैस गोदाम) बुराड़ी, दिल्ली- 110084

बस यूँ ही

बेटे द्वारा बेघर किए,
फुटपाथ पर बिछाए गंदा अखबार,
आँखें नम थीं
और उदास मुद्रा में...
पूछा मैंने उनसे-
आप क्यों ऐसे नीरस बैठे हैं?
उनका जवाब था-
बस यूँ ही...

एक माँ,
जो थी अस्पताल की मैली ज़मीं पर सोये,
सिर से खून टपक रहा था,
शायद! उसे अपनी ही संतान,
तड़पा रही थी घमासान में...
हृदय में एक टीस छिपाए,
पूछा मैंने उनसे-
आप ऐसी दशा में क्यों हैं?
उनका जवाब था-
बस यूँ ही...

कूड़े के ढेर में खेलता बचपना,

परत दर परत उठाता कूड़ा,
ढूँढ़ता सा कुछ व्याकुल...
शायद कोई उम्मीद
जो भविष्य में था खोया
पूछा मैंने उससे-
क्यों करते हो यह काम?
उसका जवाब था-
बस यूँ ही...

एक विवाहित स्त्री,
जो चाहती थी जीवन में,
नई उड़ान भरना,
पर परिवार की मानसिकता के आगे,
विवश थी वो,
कुछ सकुचाई -सी, दबी -सी
पूछा मैंने उनसे-
आप क्यों इतनी संकीर्ण हो गईं?
उनका जवाब था-
बस यूँ ही...

एक आतंकी,
जो छीनता था निर्दोषों के प्राण,
सीना ताने और चेहरे पर
कुटिल मुस्कान,
पूछा मैंने उससे-
क्यों करते हो ऐसा?
उसका जवाब था-
बस यूँ ही...

बस में एक दरिंदा जो करता था,
स्त्रियों का शिकार,
आँखों में जिस्म की लालसा,
दिमाग में हैवानियत कि भूख,
पूछा मैंने उससे-

क्यों करते हो ऐसा?
उसका जवाब था-
बस यूँ ही...

अब तो
राह में चलते हुए,
दो पल हँस लेती हूँ,
दूसरों के दुख में,
दो आँसू छलका देती हूँ।

सोचती हूँ जब,
इन तीन शब्दों में छिपा
व्यापक अर्थ...
हृदय कचोट जाता है,
और मजबूर होकर पूछती हूँ
स्वयं से सवाल-
यह कविता मैंने क्यों लिखी?
ऐसा लगा मानों आत्मा से आवाज़ आई
बस यूँ ही...

जीवन के यथार्थ पन्ने

अभी तो पनपी थी,
अपने अस्तित्व में भी न थी,
आँखें बंद किए किसी थैली में,
हर जगह सिर्फ रक्त था...
अंधकार के घर में पल रही थी,
ये सोचकर कि किसी दिन तो सवेरा होगा,
किसी दिन तो उज्ज्वल प्रकाश का आगोश मिलेगा...

लेकिन क्या पता था..
कि भविष्य के स्वप्न में खोकर.

एक दिन सचमुच खो जाऊँगी...
अभी तो दुनिया में कदम भी न रखा था,
तब तक अस्तित्व भी मिट गया!

उज्ज्वल भविष्य का स्वप्न, स्वप्न ही रह गया,
और इस तरह आँखें खुलने से पहले ही...
हमेशा के लिए रात हो गई,
हर जगह अँधेरा हो गया....
और जीवन के इस यथार्थ पन्नों में....
एक मासूम, सोई की सोई रह गई।

जानवर

माँ ने समझाया,
बेटी! इस दुनिया में बहुत से
जानवर हैं,
हर राह पर मिलेंगे
कहीं भी ...
तुम सतर्क रहना...!

बेटी की आँखें नम थीं,
नज़रें झुकाए
ये सोचती
कैसे बताऊँ माँ तुम्हें
एक जानवर हमारे घर में ही है...

विजय कुमार सप्पत्ति

मोबाइल - 9849746500
ईमेल - vksappatti@gmail.com
पता - फ्लैट-402, पाँचवा तल, मकान-36-110/402
402, डिफेन्स कॉलोनी, सैनिकपुरी पोस्ट
सिकंदराबाद, तेलंगाना 500094

सोचता हूँ

सोचता हूँ
कि
कविता में शब्दों
की जगह
तुम्हें भर दूँ ;

अपने मन की भावों के संग

फिर मैं हो जाऊँगा
पूर्ण

नज़्म

मुझ से तुझ तक एक पुलिया है
शब्दों का,
नज्मों का,
किस्सों का,
और
आँसुओं का ...
और हाँ; बीच में बहता एक जलता दरिया है
इस दुनिया का!!

एक ज़िन्दगी

एक ज़िन्दगी
और कितने सारे ख्वाब
बस एक रात की सुबह का भी पता नहीं ....
कितनी किताबें पढ़ना है बाकी
कितने सिनेमा देखना है बाकी
कितने जगहों पर जाना है बाकी
हक़ीकत में एक पूरी ज़िन्दगी जीना है बाकी!
एक ज़िन्दगी
और कितने सारे ख्वाब
बस एक रात की सुबह का भी पता नहीं...

एक नज़्म खुदा के लिए

उस दिन जब मैंने तुम्हारा हाथ पकड़ा
तुमने उस हाथ को दफना दिया
अपनी जिस्म की जमीन में!
और कुछ आँसू जो मेरे नाम के थे,
उन्हें भी दफना दिया अपनी आत्मा के साथ!

अब तुम हो
और मैं हूँ
और हम बहुत दूर हैं!
हाँ; इश्क खुदा के आगोश में चुपचाप बैठा है!

खुदा ने एक कब्र बनाई है,
तुम्हारी और मेरी,
उसने उसमें कुछ फूल और आहों के साथ
मेरी प्रार्थनाओं को भी दफ़न किया है!

हाँ; कुछ लोग अब भी मेरी नज्में पढ़ते हैं
और मोहब्बत की बातें करते हैं!

प्रेम

हमें साझा करना था
धरती, आकाश, नदी
और बाँटना था प्यार
मन और देह के साथ आत्मा भी हो जिसमें!
और करना था प्रेम एक दूजे से!
और हमने ठीक वही किया!

धरती के साथ तन बाँटा
नदी के साथ मन बाँटा
और आकाश के साथ आत्मा को साझा किया!

और एक बात की हमने जो
दोहराई जा रही थी सदियों से!

हमने देवताओं के सामने
साथ साथ मरने जीने की कसमें खायीं
और कहा उनसे कि वो आशीष दें
हमारे प्रेम को
ताकि प्रेम रहे सदा जीवित!

ये सब किया हमने ठीक पुरानी मान्यताओं की तरह
और
जिन्हें दोहराती आ रही थीं अनेक सभ्यताएँ सदियों से!
और फिर संसार ने भी माना कि हम एक दूसरे के
स्त्री और पुरुष हैं!
पर हम ये न जानते थे कि
जीने की अपनी शर्तें होती हैं!
होती है!
हम अनचाहे ही एक द्वंद्व में फँस गए
धरती आकाश और नदी पीछे,
कहीं बहुत पीछे;

छूट गए!

मन का तन से, तन का मन से
और दोनों का आत्मा से
और अंत में आत्मा का शाश्वत और निर्मल प्रेम से
अलगाव हुआ!

प्रेम जीवित ही था
पर अब अतीत का टुकड़ा बनकर दंश मारता था!

मैं सोचता हूँ,
कि हमने काश धरती, आकाश और नदी को
अपने झूठे प्रेम में शामिल नहीं किया होता!

मैं ये भी सोचता हूँ कि
देवता सच में होते हैं कहीं?

हाँ, प्रेम अब भी है जीवित
अतीत में और सपनों में!

और अब कहीं भी;
तुम और मैं
साथ नहीं हैं!

हाँ, प्रेम है अब भी कहीं जीवित
किन्हीं दूसरे स्त्री-पुरुष में!

शहंशाह आलम

मोबाइल - 09835417537
पुस्तकें - पाँच कविता-संग्रह प्रकाशित।
पता - हुसैन कॉलोनी, नोहसा बाग़ीचा, नोहसा रोड,
फुलवारीशरीफ़, पटना-801505, बिहार

मैंने दरख़्त बनना चाहा

मैंने दरख़्त बनना चाहा
उन्होंने मुझे पेड़ की तरह
आरी से काट डाला

मैंने समुंदर बनना चाहा
मुझे नमक बनाने वालों के हाथों
बेरहमी से बेच डाला गया

जिस तरह वे औरतों को बेचते रहे
जिस तरह वे बाग़ीचों को बेचते रहे
जिस तरह वे नदियों को बेचते रहे
जिस तरह वे मुल्कों को बेचते रहे
वैसे ही वे मुझे भी बेचते रहे हैं
रियायतें दिलाने के नाम पर

मैंने नाव बनना चाहा
मुझ में छेद-दर-छेद किए गए
ताकि मैं भटके हुए मुसाफ़िर के
किसी काम न आ सकूँ

इसमें ग़लती मेरी थी
मुझे बहुत पहले जान लेना चाहिए था

कि बेचना उनकी फ़ितरत रही है
इस वास्ते कि उनके जिस्म में
किसी रहमदिल शायर का नहीं
सख़्तदिल कुत्ते का दिल धड़क रहा है

यही वजह है कि उन्हें आरामगाहें नहीं
क़त्लगाहें ज़्यादा पसंद आती रही हैं

यही वजह है कि उन्हें मुद्दतों से
जीते हुओं का जुलूस नहीं
हारे हुओं की भीड़ बेहद पसंद है

मैंने घोड़ा बनना चाहा मज़बूत काठी का
उन्होंने मुझ पर चाबुक बरसाए अनथक

आख़िर में मैं लोहार का घन बना
और उन पर इस क़दर गिरा
कि वे टूटकर यहाँ-वहाँ बिखर गए।

यक्षिणी : एक

यह आकाश जो कोरा है
तुम्हारी छुअन की प्रतीक्षा में
शताब्दियों-शताब्दियों से

अंतरिक्ष की सीढ़ियाँ पकड़कर
अपने यक्षपति से छुप-छुपाकर
तुम उतरते हो सखियों के संग-साथ
और बादलों को सियाही बनाकर
लिखते हो कोरे आकाश पर
प्रेम की अमर कथाएँ मेरे लिए

अपार दिनों से पसरा
मेरे चेहरे का सन्नाटा
छू हो जाता है पल में

यक्षिणी : दो

तुमने बताया तुम्हारा घर
मेरी खिड़की के बाहर अनंत में है
जैसे मेरा घर पृथ्वी पर हुआ करता है
इस देह के बचे रहने तक

तुमने सच की तरह सच कहा
मेरा घर ढह जाता है वक़्त के साथ
छप्पर उड़ जाता है बिजलियों की कड़क से
ज़रा-सी तेज़ आँधी-बारिश के आते ही
तुम्हारे घर के बारे में
तुम्हारा ख़्याल था
कि तुम्हारा घर रत्न-जड़ित है
अजर है अमर है सज्जित है आकाशगंगा से
जैसे तुम अजर-अमर हुआ करते हो

तब भी मेरा घर ढूँढ़ निकालते हो तुम
आँधियों बारिशों के गुज़र जाने के बाद
मेरे घर को अपना घर मानते हुए

यक्षिणी : तीन

तुम स्वर्ग की चौपाइयाँ सुनाते हो
जब अपनी धुन में मगन
मेरे आँगन में उग आईं
वनस्पतियों की हज़ार-हज़ार क़िस्में

पुरखों की तरह मुझे आकर दुलारती हैं
मेरी इस योनि को अपनी औषधि से चमकाते

तुम्हें लगता है मैं ही यक्ष हूँ तुम्हारा
तुम्हारी ही तरह मृत्यु को पराजित करता हुआ

यक्षिणी : चार

मूँद लेता हूँ पलकें तुम्हारे कहने से
खोलता हूँ जब अपनी मुँदी पलकें
पाता हूँ तुम्हें इस अजब-ग़ज़ब कालखंड को
एक नए आकार में साकार करते
अपने देवचिह्न में रंग भर-भरकर
किसी शुद्ध कलाकार की तरह
सुनो, यक्षिणी! भूले हुए सारे शब्द
लौट रहे हैं तुम्हारी नाभि की तरफ़
मेरे हाथों ढले जलकुंड में नहा-धोकर

यक्षिणी : पाँच

तुमने कहा नर्तक अपने इस समय से बतियाते
कि यक्ष-प्रश्न कठिन होते हैं चट्टानों की तरह

प्रश्न तो अकसर कठिन ही होते हैं रहे हैं
मेरे मनुष्य-जीवन के और तुम्हारे यक्ष-प्रेम के

तुम्हें पाने के लिए पृथ्वी पर नक्षत्रों को छितराते
युधिष्ठिर जैसा हर यक्ष-प्रश्न के लिए तैयार हूँ तब भी

शोभा रस्तोगी

मोबाइल - 9650267277
ईमेल - shobharastogishobha@gmail.com
पुस्तक - दिन अपने लिए (लघुकथा संग्रह)

1

आज फिर
कोख कोई
क़त्ल हुई होगी
पत्ती
शाख से हरी
गिरी है एक।

2

रात आई
ले सुई धागे इश्क़ पगे
सिलने रजाई उधड़ी
सिल जाएगी अधूरी बखिया
रफ़ू होगा कोई घायल छेद
काश... ऐसा हो
सहमता है दिल
सिली तुरपन भी न उधड़ जाए
न खुल जाए गहरा घाव कोई
राजदाँ न हो जाए तेरा अहम्
मेरे दिल की कच्ची सीवन से

3

कट गयी उम्र
करवटों में
रात की मानिंद
चँद बूँदों में सिमट गयी
प्यास
दरिया तो बस
यूँ ही खड़ा रहा।

4

तेरे दिल का दर्द
मुझसे बयां हो गया
तेरा मौन सब कह गया
टपकती रही व्यथा तेरी
बन लौ
मैं मोम सा पिघलता रहा।

5

मोहब्बत
आग के दरिया से
इश्क की लहर ला
बसा लेती है दिल में
सदा के लिए
बिन चूनर, सिंदूर, बिंदी, पायल
हर दिन करवा चौथ
हर रात दिवाली मना लेती है
दर्द के तेल से

यादों का दीपक जला
कर देती है आजाद
हवा को
फड़फड़ाने के लिए।

6

घिर आई रात
तान दीं कनात
अँधेरे ने चारों ओर
काली स्याही से
कर दिए हस्ताक्षर
कहीं कोई प्रकाश नहीं
गुमशुदा सूरज हुआ
ज़ब्त हुई रोशनी
आशा की नज़र ने
दर्द से
कुछ यूँ कहा
ऐ दर्द
तू दिया बन के जल
मैं भरती हूँ तेल विश्वास का
दर्द जब जला
अँधेरे की छाती
उजाले से भर गयी।

7

कबाड़ी को देते हुए रद्दी
हाथ लगी तुम्हारी रफ कॉपी
जिसके पिछले पन्ने पर
बनाया था तुमने स्केच

एक लड़की का
जो उड़ रही है आकाश में
और आज तुमने
यह सपना साकार कर लिया
बिटिया तुम्हारा यह स्केच
अनेक फोटोकॉपियों में
बाँट दिया है मैंने
मुहल्ले भर की लड़कियों को
और अब सोचती हूँ
कि कहीं आकाश छोटा न पड़ जाए।

8

अपने अंदर उगते कच्चे वसंत से
महकता है हिरन
सुगंध और फ़ैले
सुमन और खिले
तब तक तुम्हारी बौराई नज़रें
चीर देती हैं उसे।
झपट लेती हैं रक्त रंजित दाने
चिथड़ा - चिथड़ा शरीर
कतरा - कतरा खून
जंगल सा हुंकारता
कुलाँचे भरता
सजीव सौन्दर्य
बन जाता है शव।
अपनी ही कस्तूरी से अभिशप्त मृग की
बेज़ार आँखों में झलकती है
नारी की परछाईं
समानान्तर चलने लगते हैं
मृग और स्त्री।

डॉ. संगीता गाँधी

मोबाइल - 8375932765
ईमेल - rozybeta@gmail.com

कलम की ताकत

सैलाब के सीने पे जो चली,
वो कश्ती हैं हम।
फिर भी तुम कहते हो कि,
हमारा वजूद क्या है?
एक चींटी तोड़ देती है,
हाथी का गरूर,
और तुम कहते हो कि,
तेरी ताक़त क्या है?
न तीर न तलवार,
न गोली, बन्दूक,
है पास मेरे कलम!
गीत मेरे धधकते हैं,
बहुत कुछ बदल देने को,
मचलते हैं।
रहना सँभल के,
अब कलम से मेरी,
मात्र प्रेम -रस के बोल नहीं,
विरह वेदना के कल्लोल नहीं,
व्यवस्था के भ्रष्ट अर्थ प्रकटाने वाले
शब्द भी उबलते हैं।

उपसंहार

खोल कर बैठी हूँ अपने दिन के पन्ने,
हर किसी का कार्यकलाप दर्ज है इन पर!
मेरे अस्तित्व के अक्षर ही हैं धुँधले!
कहाँ छुपे हैं मेरी संवेदनाओं के वाक्य!
घर का हर सदस्य हो रहा प्रतिबिंबित,
एक मैं ही लक्षित मिटी हुई उपेक्षित।
इसकी, उसकी, सबकी अपेक्षाएँ हैं अंकित।
मैं कहीं प्रतीकात्मक, बिम्बात्मक, व्यंग्यात्मक रूप में भी
कहीं न हो रही दृष्टिगत किसी के भी वजूद के पीछे!
किताब मेरे जीवन की -
है मेरी ही उपलब्धियों से रिक्त!
शायद कभी लिख अपना उपसंहार,
हो पाऊँ मुक्त!

इमोशनल अत्याचार

हर पाँच साल बाद,
वो उतरते हैं सातवें आसमान से,
एक नए परीलोक का खाका लिए,
आते हैं जनता बीच।
जनता पुराने दिखाये स्वप्नलोक का क्या हुआ?
ये पूछना भूल कर,
नए परीलोक के सपने पर मुग्ध होती है,
ठीक वैसे जैसे कोई बालक -
पुराना खिलौना भूल नए में रम जाता है
बाल्य स्वभाव सी जनता को,
उल्लू बना साध लेता 'वो' अपना हित।
और जनता फिर अगले पाँच साल के लिए,
एक बटन दबाकर देती है वसीयत,
इमोशनल अत्याचार के नाम।

जिसके पंजों में गड़े होते हैं -
बाकी सभी 'अत्याचारों के नाखून'।

नादान

एक वो दिन थे,
जब समझदार होने के लिए,
हम हो रहे थे बड़े।
तब क्लास में किसी का पराँठा,
चुराकर खाना,
स्कूल न जाने के लिए,
वो पेट दर्द का बहाना,
खेल में हार जाने पर,
मुँह फुला लेना,
तितली, कंचे, पतंग,
कार्टून की वो दीवानगी,
ये सब हमारी नादानियाँ,
कही जाती थीं।
तब उम्मीद थी हमसे कि,
इस नादान समय को पीछे छोड़,
हम हो जाएँगे समझदार!
आज समझदारियों के तेल से,
जगमगा चुके हैं अक्ल के चिराग!
तो फिर ये दिल क्यों दुबारा -
वही नादानियाँ करने को,
नादान बनने को मचलता है।

अफवाह

कल मेरी मौत की उड़ी अफवाह
सारे अखबारों ने सम्पादकीय छापे

सारे चैनल दनदनाते रहे चौबीस घण्टे बहस,
वार्ताओं के दौरों में बड़े-बड़े दिग्गज़
मेरी मौत पर चिल्लाते रहे
सत्ता के माथे पर चमकी कुछ बूँदें
विपक्ष मामला लपक लेने को बेचैन
आख़िर एक 'आम आदमी' की मौत को कैश करना था
तो बहती गंगा में हाथ धोना, कौन छोड़े?
मैंने कहा - 'पर मैं तो ज़िंदा हूँ'
सबने कहा- 'चुप रहो! तुम अब मृत हो।'
आम आदमी की तो हम कबकी चिता जला चुके!
तो मेरी बहुत पहले हो चुकी मौत की,
उड़ी कल अफवाह।

संध्या सिंह

मोबाइल - 738817849
ईमेल - sandhya.20july@gmail.com
पुस्तकें - आखरों के शगुन पंछी (कविता संग्रह)
मौन की झनकार (गीत संग्रह)
पता - डी-1225, इंदिरा नगर, लखनऊ - 226016

जिजीविषा

कहीं घोंसला गिरा है
और टपका है,
टूटे हुए अण्डों पर
चिड़िया का दर्द

कहीं बछड़ा
दूर तक बह गया है
भूखा ही
और उतर आया है
दूध थनों में,
गाय रंभाई है ..!!

कहीं
जड़ समेत उखड़े हैं वृक्ष!
तना शाख पत्ती फूल, फूल
बिखरा है,
तिस पर
इसी बबूले से
एक शैतान भी उभरा है

कुछ भेड़िये गश्त पर हैं
और....

मुस्कान है
कुछ गिद्धों के चेहरे पर।

मगर...
बावजूद इस सबके
फिर
गेहूँ का दाना है
चींटी की पीठ पर
चिड़िया की चोंच में
फिर
कुछ तिनके हैं
और
फिर एक मकड़ी
चढ़ने लगी है
दीवार पर

उषा आगमन

रात भर
दुश्वारियों की पाठशाला
खुली रही
अँधेरे का कड़क मास्टर
धमका धमका कर
याद करवाता रहा
समस्याओं के
लम्बे लम्बे अध्याय
बार बार दुहरवाता रहा
मेरी असफलताओं की कहानी
संस्कृत के 'रूप' की शक्ल में
रटवाता रहा
जीवन के हादसे
सत्रह के पहाड़े की तरह

और ......
अवसाद की छड़ी पटक पटक कर
बनाता रहा मुर्गा
सन्नाटे की बेंच पर
अचानक
किरणों ने बजा दी
छुट्टी की घंटी
घर की ओर भागते हुए गूँजने लगा
कलरव का शोर
धूप
स्कूल के रिक्शे की तरह
लेकर चल पड़ी
वापस मसरूफ़ियत के सुकून में
और खड़ा हो गया आकर
पूरब के द्वार पर
समाधान का सूरज
पिता की तरह

पर्यटन

स्त्री
नहीं चाहती
ढके हुए पतीले में खदकते
पानी की भाप हो जाना
और बूँद के रूप में
उसी ढक्कन से लटक कर
वापस उसी बर्तन में टपक जाना
वो चाहती है
खुले भगौने में उबलते पानी से वाष्पित होकर
आहिस्ता आहिस्ता ऊपर उठना
और निकल जाना चुपचाप
खिड़की की सलाखों के बीच से

लहराते हुए
घुल जाना इन बहती हवाओं में
और कहीं दूर किसी महकते उपवन में
ओस बनकर संघनित हो जाना
किसी रंग बिरंगे फूल की हथेली पर
या किसी झूलते चिकने पत्ते के हिंडोले पर
या फिर
टिक जाना
हरी भरी मखमली दूब के मस्तक पर
और आखिर में
अवशोषित होकर समा जाना
धरती के गर्भ में
फिर अंततः एक दिन लौट आना वापस
उसी पतीले में
रसोई के नल की धार के साथ
वो सचमुच
पलायन नहीं चाहती
वो चाहती है
थोड़ा आसमान
थोड़ी धरती
थोड़ी खुशबू
थोड़े रंग
थोड़ी रवानी
बहुत ज़रूरी है उसके लिए हो जाना
खुले हुए बर्तन का
उबलता पानी

सरोज सिंह

मोबाइल - 9711248674
पुस्तकें - 'तुम तो आकाश हो' (काव्य संग्रह)
निवास - गाज़ियाबाद

आयतें

मेरी बेपनाह परस्तिश
गढ़ने लगी है अब
ऊँची दर ऊँची
शीशे की इबादतगाह
जहाँ न कोई बुत है
न कोई मौलवी..... न कोई पंडित
सिर्फ और सिर्फ ...'हम' और 'तुम'
जिनकी दीवारों, छत, खिडकियों से आर-पार
मैं तुम्हें औ तुम मुझे शफ्फाफ देख पाओ
हमारे दरमियां कोई राज़ न रहे
जो कभी गुम भी हो जाओ
तो मैं... तुम्हें
बंद आँखों की रौशनी में भी ढूँढ़ लूँ
गोया इस बात से बेखबर
कि हक़ीकत की आँधी में
ऊँची इमारतें खतरे में रहती हैं
किसी रोज ऐसा होने पर
ज़मीं पे बिखरी मुक़द्दस किरचें
जिन्हें बुहारना लाज़िम नहीं
उन्हें जब उँगलियों से चुनती हूँ
तो उन पोरों पर रिस आती हैं तमाम बूँदें
जो ज़मीं पे टपके ....उसके पहले ही
मेरे लब..... उसे चूमकर सोख लेते हैं

जो भीतर कहीं गहरे जाकर
रौशनाई बन
रूह की सतह पर
आयतें बन उभर आती हैं!

देखना, अब बदलेंगी लोकगीतों की दास्तानें

परिंदे और परदेसियों के
दूर वतन जाने पर
दुआओं की गठरी बाँध
घर की चौखट पर
बैठी वजूद का
मिट्टी होना लाज़मी होता
आँखों के बहते आँसू
उस मिट्टी को सींचते रहते
जिनमें गाहे-बगाहे
उम्मीदों के सब्ज़े उग आते
लोकगीतों की दास्तानें
उनसे ही आबाद थीं
मगर अब हमवतन ही
दुआओं की छतरी लिए
सुबह के निकले परिंदे औ बाशिंदे
वाजिब वक़्त
जब घर को लौट नहीं आते
बजाय आने के उनके
बजती है फोन की घंटी
तब चौखट पर
अपशकुन बुहारती
बेसब्र आँखें पथरा जाती हैं
अब उन आँखों से
अश्क तर नहीं होते

उन पथराई वजूदों पर
कोई सब्ज़ा भी नहीं उगता
बस इक आह होती है
कि, कोई तो आये
और उन्हें मिट्टी कर दे
देखना
अब बदलेंगी लोकगीतों की दास्तानें

मैं पानी पानी

मैं पानी पानी
फितरत मेरी बहते रहना
प्यास में सबके तिरते रहना
तू पत्थर है
खुद को खुदा कहते रहना
हालात से मेरे न वाफ़िक़ रहना
अज़ल से तू ठहरा है मुझमें
जाने कितना गहरा है मुझमें
तब से तुझको घोल रही हूँ
ढल जा मुझमें बोल रही हूँ
पर तू पत्थर है पत्थर ही ठहरा
परबत मैदां साहिल सहरा
सबसे तेरा मेल है गहरा
सूरज की किरनों में चमके
चकमक तेरा रूप सुनहरा
मैं पानी पानी
फ़ितरत मेरी बहते रहना
सबकी प्यास में तिरते रहना
पर ये तो तय है
वक़्त के बहते झरने में
इक दिन
धार से मेरी

तू घुल जाएगा
पर अफ़सोस
तब मैं सर्द हो जाऊँगी
देखना मैं बर्फ हो जाऊँगी।

वसीयत

तुम्हे मैं
जो कभी न मिलूँ
तो गम न करना
माना, तुमको अज़ीयत होगी
तुमसे रूबरू मेरी हकीक़त होगी
ये जिस्म जो फ़ानी है
बे-मुरव्वत ज़िन्दगी की
नामुराद कहानी है
तब तुम्हें मैं
उन्ही किताबों में मिलूँगी
जहाँ
तुमसे लबरेज़ मेरे लफ़्ज़
नज़्मों की शक्ल में
साँस लेते हैं
लफ़्ज़ों से गुफ़्तगू करते-करते
जो तुम्हें नींद आ जाए
तो अपने सीने पर
किताब रख
सो जाना
तुम पाओगे कि,
इससे करीबतर हम और तुम
कभी और कहीं रहे ही नहीं!
बस इतनी सी है मेरी वसीयत!

सुजश कुमार शर्मा

मोबाइल - 09752425671
ईमेल - sujashkumarsharma@gmail.com
पुस्तकें - विभिन्न विधाओं में आधा दर्जन से अधिक पुस्तकें
पता - रेलवे भर्ती बोर्ड, बिलासपुर, दक्षिण पूर्व मध्य रेलवे,
बिलासपुर, छत्तीसगढ़- 495004

कुछ थके दावे

मेरे दावे थककर गिर गए
स्वीकारता हूँ
सुलझा नहीं सका व्यवस्था को
व्यवस्था के होने को।

नहीं कर पाया स्थापित
कोई एक विचार
जिस पर अवलंबित कर सकता था
विश्व के अस्तित्व को।

दे सकता था दिशा
जो सर्वाधिक उपयुक्त हो
समस्त ज्ञात आयामों के परिप्रेक्ष्य में।

हाँ भाई!
इन अर्थों में अवश्य मैं हार गया।
(और किसी और प्रकार की जीत का
कोई अर्थ भी तो नहीं)

ये मैं
थका, हारा, चूका सा
इसी धरती में हूँ

(नहीं होने सा)
क्या करूँ?
बिना ये जाने कि क्यों हूँ
हर क्षण हुआ जा रहा,

सब कुछ कितना आधारहीन सा
ये अराजकता
मानसिक अराजकता
एक इंच भी आगे न जा सका
न ले जा सका
दुनिया अपनी जगह जहाँ की तहाँ।

एक जीवन मुझमें हो रहा
मगर व्यर्थ जा रहा,
कुछ न कर सका
कुछ भी तो नहीं
दावे अर्थ खो बैठे
व्यर्थता दीमक सा चाट रहा।

मेरी ही धरती
मैं अजनबी सा विचरता हूँ,
मानव-मानव में कितना भेद है!
मगर यथास्थिति को स्वीकारना
एक नए ढंग के
अस्तित्वहीनता में गिरना है।

ठीक हूँ!
अपने खोखलाए दावे
असफल, अपूर्ण विचार
अमान्य जीवनशैली में।

दरअसल
कहीं भीतर जीवित है
कुछ, कुछ

साँस ले रहा मुझमें,
सब हार के बावजूद
मुसकरा रहा।

जानता हूँ
अभी बाकी है
साँस लेने का अर्थ।

आत्मयंत्रणा

ओ!
जिसे सैकड़ों संबोधन पुकारकर हार गए
सुन रहे हो तुम
मैं खड़ा हूँ निस्सहाय
अपने ही जिस्म के कटघरे में
अपने ही समक्ष।

देखता हूँ
खाली है तमाम जगह
मगर मेरे भीतर से ही
कुछ मुझे दोषी कहता है
बावजूद तुम्हारे वकालत के।

असल में
आत्मयंत्रणा की कोठरी पर भी
तो रह गया था
लगाना रंग वेदना का,
यह जो आत्म-उत्सव सा
मन रहा क्षण-क्षण,
वही बह रहा कण
रक्तकणिकाओं में।
ओ मेरे लहू!

और बहो तेज
इतना कि फट जाएँ नाड़ियाँ,
चाहता है फरार हो जाना (और नहीं भी)
भीतर से
उम्रकैद की सजा काटता
एक देवद्रोही कैदी।

ये क्या, अरे तुझे तो लगाव हो गया
उसी कोठरी से
जो पल-पल तुम्हें करती है बाध्य
अँधेरे धुआँ की आवाजाही में प्राण छिपाने को,
ओ ढोंगी!
उठ, व्यर्थ तेरा दावा है
देख कोई घसीट रहा बाल पकड़कर,
ये तू ही!
कौन भुगतेगा और तेरे किए की सजा (जो हुआ ही नहीं)
ये सलाखें द्वार की नहीं पिघलेंगी (बुद्धि)
दिखावे के आँसुओं से,
कोई फरिश्ता नहीं आएगा, उबारने
भुगत स्वयं
अपने नरक की सजा शेष।

सबसे परे हो जाने की इच्छा
पाप-पुण्य, मान-सम्मान, सत्-असत्
वाह रे बावले!
प्रथम नहीं तू मानव धरा का
कीड़े से बिलबिलाते लोगों में
एक तेरा भी नाम है
हाँ है!
हाँ तू! तू!
तेरे आदर्शों से भी ऊँची स्थिति 'वेदनांश'
महज एक छलावा है
छलावा।

सुशांत सुप्रिय

मोबाइल - 8512070086
ईमेल - sushant1968@gmail.com
पता -A-5001, गौड़ ग्रीन सिटी, वैभव खंड,
इंदिरापुरम, ग़ाज़ियाबाद 201014 (उ.प्र.)

निमंत्रण

ओ प्रिय
आओ कोई ऐसी जगह तलाश करें
जहाँ प्रतिदिन मूक समझौतों के सायनाइड
नहीं लेने पड़ें
जहाँ ढलती उम्र के साथ
निरंतर चश्मे का नंबर न बढ़े
जहाँ एक दिन अचानक
यह भुतैला विचार नहीं सताए
कि हम सब महज़
चाबी भरे खिलौने हैं

चलो प्रिय
कॉमा और पूर्ण-विराम से परे कहीं
जिएँ

हक़ीक़त

हथेली पर खिंची
टूटी जीवन-रेखा से
क्या डरते हो

साप्ताहिक भविष्य-फल में की गई
अनिष्ट की भविष्यवाणियों से
क्या डरते हो

कुंडली में आ बैठे
शनि की साढ़े-साती से
क्या डरते हो

यदि डरना है तो
अपने 'मैं' से डरो
अपने बेलगाम शब्दों से डरो
अपने मन के कोढ़ से डरो
अपने भीतर हो गई
हर छोटी-सी मौत से डरो
क्योंकि
उँगलियों में
'नीलम' और 'मूनस्टोन' की
अँगूठियाँ पहनकर
तुम इनसे नहीं बच पाओगे

एक सजल संवेदना-सी

उसे आँखों से
कम सूझता है अब
घुटने जवाब देने लगे हैं
बोलती है तो कभी-कभी
काँपने लगती है उसकी ज़बान
घर के लोगों के रडार पर
उसकी उपस्थिति अब
दर्ज़ नहीं होती
लेकिन वह है कि
बहे जा रही है अब भी

एक सजल संवेदना-सी
समूचे घर में -
अरे बच्चों ने खाना खाया कि नहीं
कोई पौधों को पानी दे देना ज़रा
बारिश भी तो ठीक से
नहीं हुई है इस साल

एक दिन

एक दिन
मैंने कैलेंडर से कहा -
आज मैं उपलब्ध नहीं हूँ
और अपने मन की करने लगा

एक दिन
मैंने घड़ी से कहा -
आज मैं उपलब्ध नहीं हूँ
और ख़ुद में डूब गया

एक दिन
मैंने पर्स से कहा -
आज मैं उपलब्ध नहीं हूँ
और बाज़ार को अपने सपनों से
निष्कासित कर दिया

एक दिन
मैंने आईने से कहा -
आज मैं उपलब्ध नहीं हूँ
और पूरे दिन मैंने उसकी
शक्ल भी नहीं देखी

एक दिन

मैंने अपनी बनाई
सारी हथकड़ियाँ तोड़ डालीं
अपनी बनाई सारी बेड़ियों से
आज़ाद होकर जिया मैं
एक दिन

बोलना

हर बार जब मैं
अपना मुँह खोलता हूँ
तो केवल मैं ही नहीं बोलता

माँ का दूध भी
बोलता है मुझमें से

पिता की शिक्षा भी
बोलती है मुझमें से

मेरा देश
मेरा काल भी
बोलता है मुझमें से

सोनी पाण्डेय

मोबाइल - 09415907958
ईमेल - pandeysoni.azh@gmail.com
पुस्तकें - मन की खुलती गिरहें (कविता संग्रह)
पता - कृष्णानगर, मऊ रोड़, सिधारी आजमगढ़
उत्तर प्रदेश, पिन- 276001

मेरे अपराध

मैं लिख देती हूँ
कविता में
कहानी में
अपनी, तुम्हारी, इसकी और उसकी बातें
इस तरह लिखते हुए
बन जाती हूँ
तुम सब की नज़रों में अपराधी
मेरे मालिक!
ये मेरा पहला अपराध है ....
मैं निःसंकोच
कहने लगी हूँ सबसे
अपनी बातें
जो तुम नहीं चाहते
मैं बोलूँ
मुँह खोलूँ
मेरे मालिक!
ये मेरा दूसरा अपराध है.......
मेरी इच्छाएँ
भिन्न हैं
उन औरतों से
जो दिन-रात थरिया भर भात
कुछ मनपसंद साड़ियाँ

साल में एकाध गहने
दो मीठे बोल पर
खटती हैं कोल्हू के बैल की तरह बेगार
मैं चुरा लेती हूँ इस बेगारी से समय
लिखने को मन की बात
मेरे मालिक!
ये मेरा तीसरा अपराध है ....
मैं तोड़ती हूँ
सीमाएँ बेमानी
नहीं मानती तुम्हारे जप-तप- कर्मकाण्ड
करती हूँ तर्क हर बात पर
मेरे साथ -साथ
कुछ लड़कियाँ
कुछ औरतें
करने लगी हैं तर्क
मेरे मालिक!
ये तुम्हारी दुनिया में
अक्षम्य
मेरा सबसे बड़ा अपराध है.......

चाहत

चाहत बस इतनी है
किसी अँधेरी रात में
गुनगुनाते
सीटी बजाते
निकल पड़ू खुली सड़क पर अकेले
किसी पुलिया पर बैठकर निर्जन में
मिटा सकूँ उमड़ते- घुमड़ते द्वन्द्वों के वलय को
निश्चिंत, खत्म कर मन की कुण्ठा लौटूँ तो
किसी आँख में न मिले प्रश्नचिन्ह
तुम्हारे बगल में लेटूँ तो

न उठे पीठ की गरियाती दीवार
कि लौटी हूँ आधी रात को
बनकर बेहया औरत
सुनो!
चाहत बस इतनी है
कि जी सकूँ थोड़ा सा जी भर
अपनी तरह
तुम्हारी दुनिया में....

बहेलिया

उसके पास
कोई हथियार नहीं
बम, गोला, बारूद भी नहीं
नहीं है किसी देश की सेना
फिर भी वह करता है शिकार
चूस लेता है खून
उखाड़ लेता है जड़ से
जब चाहे सत्ताओं से खेल सकता है
रखता है जेब में
नियम और कानून
घुटनों पर बैठी रहती है
चेरी बन राजनीति देश की
वह बहेलिया है
जानता है कैसे खाली करना है
आखिरी सिक्के तक आपकी जेब
इस लिए बनाता है रोज नये उत्पाद कारखानों में
बूझिए वह कौन है?
जो चुपचाप आपकी गर्दन पर दाँत धँसा
चूस रहा है लगातार आम आदमी का खून
सोचिए कि सोचना जरूरी है
गाँव का आखिरी नौजवान भी भागा है इस साल

छोड़कर रोपनी
उसके कैद में सहर्ष
और वह बढ़ रहा है मशीनें ले
गाँव की ओर तेजी से।

चीखना जरूरी है

मैं चाहती हूँ
रोने के साथ तुम चीखना भी सीखो
सीखो बोलना
उस वक्त और तेज हो तुम्हारी आवाज
जब गिराई जा रही हो
तुम्हारे अस्तित्व की दीवार
सुबकना, आँसू पीना
गले में हलाहल भर कर
जीते जी मर जाने से
बेहतर है चीखते हुए
चौराहे पर
शहीद हो जाना
और इस तरह याद किया जाना
की यहीं पर हुआ था शहीद
कहते हुए अपनी बात वह
कहें रोते हुए लोगों से कुछ लोग
चलो मिल बैठकर यहीं
चीखें हम भी
आखिरी साँस तक
क्योंकि बहरों के कानों तक
केवल चीखें पहुँचती हैं।

डॉ. स्वप्निल यादव

मोबाइल - 8176925662
ईमेल - swapanilgfc@gmail.com
पुस्तकें - 'चौराहा' कविता संग्रह, 'भगत का सफर' अमर शहीद भगत सिंह का जीवन परिचय।

लेखक की मुहब्बत

तुम भाग्यशाली थीं
कि मैंने तुमसे प्यार किया
इसलिए तुम मत डरो
मरने से
तुम मरोगी नहीं कभी
हमेशा ज़िंदा रहोगी
मेरी नज़्म में
लेखक की मुहब्बत कभी नहीं मरती

बुढ़ापे में

मुहब्बत अब यह नहीं देखेगी
कि तुम कितनी सुंदर थी
या मैंने कितने चाँद तोड़े
तुम्हारे लिए,
नए दौर में अब यह देखूँगा
कि बुढ़ापे में
काँपती देह में
क्या तुम मेरे नाखून कटोगी
या मैं तुम्हारे बाल सुलझा पाऊँगा।
जब हम

अलग थलग कर दिये जाएँगे
अपने बच्चों के द्वारा।

मंदिर

मैं मंदिर नहीं जाता
न पढ़ी है गीता
न रामायण
देख लेता हूँ
किताबों के बीच
रखी तुम्हारी
तस्वीर
और पढ़ लेता हूँ
तुम्हारे हाथ
के लिखे
पुराने ख़त।

सारस

तुमने सुना है क्या
सारस के जोड़े में से
एक के मरने के बाद
वो जोड़ा नहीं बनाता
दोबारा,
मैं सारस तो नहीं
मगर मैं तो
खुद के वश में
तो हूँ।
ज़रूरी नहीं कि
हमारी क़समों के
साक्षी आग या भगवान

बनें,
एक दूसरे को समर्पित
हम पति-पत्नी भी नहीं,
कोई बाज़ारू समाज का
बनाया रिश्ता हमारे
बीच नहीं
हमने साँसें ली हैं
एक-दूसरे का नाम लेकर,
मर भी गया
हम में से कोई एक
तो दूसरे की
साँसों में जिंदा रहेगा।

बिटिया

तुमने देखी है,
चौराहे वाली बाज़ार में
ऊँची दुकानें,
जहाँ बिकता है
मशीनों से बना
सुंदर सामान
मशीनों ने काटे हैं
मज़दूरों के हाथ
वहाँ दुकानदार के लिए
तुम भरी जेब वाली
ग्राहक मैडम हो।
मेरी दुकान वहाँ नहीं है,
तुम्हें आना पड़ेगा
पतली गलियों में
मिट्टी का बना
सामान ख़रीदने
जिसको मेरी माँ

के झुर्रीदार हाथों
ने बनाया है
और अपने पेट
की आग में उन्हें
पकाया है
उसके लिए
तुम ग्राहक नहीं
बिटिया हो।

www.ingramcontent.com/pod-product-compliance
Lightning Source LLC
LaVergne TN
LVHW100244051026
849517LV00006B/1992
* 9 7 8 9 3 8 7 3 9 0 1 0 2 *